une longue chasse

Castor Poche
Collection animée par
François Faucher et Martine Lang

Une production de l'Atelier du Père Castor

MARCEL LAMY

une longue chasse

illustrations de
CHRISTIAN BROUTIN

Castor Poche Flammarion

Marcel Lamy, l'auteur, est né près de Rouen le 10 février 1931.

De parents normands de vieille souche, Marcel Lamy s'est trouvé transplanté dans le Berry dès l'âge d'un an où il passera, avec ses trois sœurs cadettes, toute sa jeunesse.

Aimant le sport et l'aventure, il profite de toutes les occasions pour déserter la maison familiale et entreprendre de grandes promenades à travers champs, passant des heures à observer la nature et la vie des animaux.

Doué pour le piano et désirant devenir compositeur, Marcel Lamy entre au conservatoire de musique de Paris. Au bout d'un an, il retourne à ses études scientifiques. Devenu ingénieur chimiste, il travaille pendant dix ans à l'Institut Pasteur.

Marcel Lamy n'a jamais oublié sa passion pour la nature et les animaux et c'est à la demande de ses trois enfants, Alice, Franck et Richard, qu'il invente l'histoire d'un ours solitaire, aimant la chasse et les grandes randonnées.

Toute sa famille lui réclame une suite. Et après tout, si l'histoire de cet ours, à la fois chasseur et chassé, sert la cause des animaux et permet de mieux les comprendre et les aimer, pourquoi pas !

Christian Broutin, l'illustrateur, est né le 5 mars 1933, par un curieux hasard, dans la cathédrale de Chartres...

Élevé par un grand-père bibliophile averti, il découvre très tôt le dessin en copiant Grandville et Gustave Doré. Après des études classiques, il est élève à l'École des métiers d'art et sort le premier de sa promotion. Il est l'auteur d'une centaine d'affiches de films ainsi que de nombreuses couvertures de livres et de magazines.

Une longue chasse :

Lur Hoo, l'ours grizzli, vit solitaire sur son territoire de la Montagne aux Écureuils. Kam, l'aigle gris, débusque le gibier de son œil perçant et le signale à Lur Hoo. Grâce à cette tactique, les deux complices évitent les pièges tendus par les chasseurs. Et la réputation de Lur Hoo est devenue quasi légendaire.

John Hobson connaît et respecte la puissance impressionnante de Lur Hoo. Mais bien décidé cette fois à déjouer les ruses de l'animal, Hobson accepte de guider cinq chasseurs néophytes à travers la montagne, sur les traces de l'ours. Une lutte sans merci s'engage...

Prologue

Le soleil était déjà haut dans le ciel lorsque Lur Hoo entrouvrit les paupières et les referma aussitôt, ébloui par la lumière de ce matin de printemps.

La rosée venait de s'évanouir et l'air conservait encore un peu de la fraîcheur de l'aube, tandis que le soleil faisait éclater de joie la nature, sentir bon les fleurs et chanter les oiseaux.

Lur Hoo s'imprégnait mollement de cette tiédeur odorante et laissait filtrer le rayonnement entre ses paupières mi-closes. Voilà près de trois semaines qu'il était sorti de son long sommeil hivernal et, comme chaque année, il lui semblait retrouver un monde étrange et nouveau. Pourtant, il y avait près de huit ans qu'il résidait l'hiver dans ce repaire secret de la Montagne aux Écureuils, et qu'il en connaissait les moindres détails.

Il avait choisi cet endroit pour son cadre sauvage, éloigné de toute construction et fort peu fréquenté par l'homme. De profonds fourrés empêchaient toute pénétration rapide. Seuls des sentiers bien camouflés, connus de lui seul, permettaient un cheminement dans cette masse végétale.

La tanière de Lur Hoo était située près du sommet de la Montagne aux Écureuils. Là, subitement, les buissons et les arbustes qui formaient une vaste ceinture à la base du mont cédaient la place à de grands sapins, à de larges espaces verts, sur lesquels poussaient de ravissantes petites fleurs jaunes et rouges, caractéristiques de cette région des Rocheuses. Là s'étendait le domaine de Lur Hoo, et nul autre ours ne s'y fût risqué pour lui en disputer la propriété. Lur Hoo était connu pour être l'un des plus forts grizzlis des Montagnes Rocheuses, et tous le craignaient, même les paysans de la basse vallée chez qui il venait de temps à autre faire patte basse sur un mouton bien gras ou parfois même un veau, lorsqu'il désirait varier un peu son ordinaire. Ses voisins immédiats étaient Kam, l'aigle gris des rochers, dont l'aire se trouvait accrochée juste au-dessus de la caverne de l'ours, et les écureuils des taillis environnants qui menaient grand tapage à longueur de journée, mais dont le silence subit annonçait invariablement la présence d'un intrus ou l'imminence d'un orage.

Kam était le seul ami de Lur Hoo, le seul en qui il avait une confiance absolue, et, bien qu'ils n'eussent pas le même langage, ils possédaient tous deux le même goût de la solitude et la même méfiance instinctive de l'homme et des autres animaux. La présence de l'ours interdisait l'approche du nid, et Kam prouvait sa reconnaissance en avertissant Lur Hoo du danger qui pouvait le menacer, bien avant que les écureuils ne l'eussent décelé. Kam bénéficiait toujours des chasses de Lur Hoo. Il participait souvent aux expéditions de l'ours et l'aidait de son mieux, lorsqu'il était traqué par l'homme et par les chiens, le prévenant par de petits cris secs de la proximité de l'ennemi ou d'une embuscade. C'est ainsi que pendant huit années, Lur Hoo avait pu échapper à tous les traquenards et, plusieurs fois blessé, distancer les chasseurs et parvenir à s'enfuir. Lur Hoo devait la vie à Kam. En reconnaissance, il lui rapportait toujours une partie des produits de sa chasse, que l'aigle venait quérir avec dignité à l'entrée de la caverne. De cette étrange manière, l'entente et l'amitié de ces deux êtres était parfaite.

Bien que les grizzlis soient généralement pacifistes, végétariens et nonchalants, Lur Hoo faisait exception à la règle.

Son caractère violent, ses éclats de fureur et de rage l'assimilaient plutôt à ces animaux solitaires, loups ou sangliers, repliés sur eux-mêmes, traqués sans merci, et pour lesquels l'homme est l'ennemi mortel, le tueur à abattre.

Lur Hoo était un véritable chasseur, non pas celui dont la renommée se mesure au nombre de trophées, mais le passionné pour lequel la chasse est avant tout une affaire entre chasseurs et gibier et le plaisir du harcèlement ou de l'attente, une question d'intelligence, de ruse ou de fraction de seconde. Dès lors, la proie n'est plus une victime mais un but à atteindre, une joie à conquérir.

L'ours aimait les grandes randonnées

dans la montagne, les poursuites perpétuellement renouvelées, où l'astuce et la vélocité du gibier n'avaient d'égales que sa propre ruse et sa surprenante rapidité. Malgré sa masse énorme, il fondait sur sa proie comme une flèche et la terrassait d'un seul revers de patte.

Lur Hoo se dressait alors de toute sa hauteur et poussait un cri étrange qui lui avait valu son nom : LUR HOOOOO...! cri de victoire et d'allégresse que la montagne reprenait d'écho en écho, jusque dans la vallée où les paysans, surpris, se signaient nerveusement pour conjurer le mauvais sort.

Bien sûr, son plus grand plaisir était de rencontrer un adversaire à sa mesure, et le seul qui fût à même de lui tenir tête dans toute la montagne ne pouvait être que l'homme, son ennemi de toujours.

L'homme, le chasseur-homme, possédait sur l'ours l'immense avantage de pouvoir tuer à distance et de bénéficier de la complicité intelligente du chien. Celui-ci est le nez du chasseur, il sait suivre une piste, démêler les chausse-trappes tendues par l'ours, et mener la course de bout en bout, sans rien perdre de son agressivité. En revanche, le chien ne peut rien contre un ours de la taille de Lur Hoo, capable d'anéantir une meute à lui seul. La proximité de l'homme lui est nécessaire.

Tout l'art de la chasse à l'ours consiste en une symbiose constante entre l'homme et le chien, symbiose difficile à réaliser dans des conditions naturelles à cause de leurs instincts différents.

Lur Hoo connaissait bien cette difficulté, et son système de défense était basé sur le temps mis par les hommes pour rattraper les chiens. Il essayait d'abord de neutraliser ceux-ci en embrouillant les traces, puis il s'échappait et guettait. Si, par hasard, les chiens ne se laissaient pas abuser et le serraient de près, il tentait d'échapper à nouveau en traversant un torrent ou même un lac. Il nageait en effet beaucoup plus vite que les chiens, et pouvait ainsi reprendre ses distances. Contraint à la bataille, ce qui était rare, car les hommes évitaient d'envoyer leurs chiens trop tôt sans protection, l'ours les attirait le plus loin possible dans un endroit à son avantage, goulet ou défilé par exemple, et les tuait ou les blessait avant de s'enfuir par-devant les chasseurs.

Une telle stratégie nécessitait une clairvoyance constante, tant pour lui que pour les hommes. Tenus continuellement au courant de la présence de l'ours par les aboiements de leurs chiens, il était facile pour des chasseurs rusés et adroits de se déployer dans un passage obligé et de couper la route de l'ours en lui tendant un piège. Cette tactique était habituelle pour le gros gibier, quel qu'il soit, mais elle était inefficace dans le cas de Lur Hoo, car il y avait Kam, et les hommes l'ignoraient.

Kam, en effet, suivait toujours les déplacements de Lur Hoo. Il volait haut, hors de portée des armes, mais son regard d'une acuité extraordinaire notait avec exactitude la présence des protagonistes, et si les hommes préparaient une embuscade, les petits cris d'alarme de Kam et ses plongeons répétés au-dessus des guetteurs invitaient l'ours à prendre une autre voie ou à se dissimuler. La présence de Kam était une assurance de vie pour Lur Hoo, et jamais celui-ci ne regagnait son repaire sans vérifier que l'aigle survolait en cercles la montagne. De nombreuses fois des paysans en colère avaient tenté de lui en barrer l'accès en se dissimulant dans les buissons au bas du mont. Mais Kam veillait, et les hommes en étaient pour leurs frais; l'ours, averti, trouvait une autre cachette jusqu'à ce que la retraite de l'ennemi fût assurée.

Le jour où Kam disparaîtrait, finies les longues et belles chasses, finie l'herbe fraîche de la Montagne aux Écureuils, Lur Hoo savait qu'il ne serait plus qu'un vieil ours pourchassé, auquel seule la route du Grand Nord resterait ouverte, là où les hommes ne traquent pas les ours et leur laissent encore un semblant d'espace et de liberté. Mais le Grand Nord c'était aussi le froid, la neige, le gibier rare et maigre. Pour Lur Hoo, capable de dévorer un veau entier en un seul repas, ce serait très vite le pays de la faim.

Ce jour-là, Lur Hoo sentait revivre en lui le désir lancinant de la chasse qui ne l'abandonnait que durant son sommeil hivernal. Avec effort, il se leva, étira longuement ses quatre membres l'un après l'autre, bâilla largement, puis descendit en trottinant vers le ruisseau qui serpentait au bas du mont. Les écureuils, signe de tranquillité extérieure, ne s'effrayaient pas de sa présence et menaient gaiement leurs gambades et leurs évolutions en haut des taillis. Lur Hoo observa avec soin les alentours avant de se risquer à découvert, puis pénétra doucement dans l'eau froide et vivifiante. Il se baigna pendant quelques minutes en s'éclaboussant comme un jeune chien. S'ébrouant alors, il étendit son corps humide sur un rocher, posa sa tête sur ses larges pattes et s'abandonna à la caresse du soleil.

Un froissement d'ailes léger, suivi d'un petit sifflement, lui fit dresser l'oreille et l'avertit de l'arrivée de son ami, l'aigle gris. Kam tournoya un instant et vint se poser majestueusement sur un arbre en bordure du petit ruisseau. Lur Hoo, sans bouger d'un poil, entrouvrit légèrement les paupières et son regard croisa celui de l'oiseau. Immédiatement un déclic se fit dans son esprit, une sorte de mise en phase avec l'intelligence de l'aigle, une compréhension instantanée sans autres manifestations.

« Comment, paresseux, semblait lui dire Kam, voilà des heures que je survole la montagne cherchant notre repas, tandis que tu fainéantes sur ton rocher? Allez, debout! la chasse nous attend. J'ai repéré près d'ici un troupeau de chèvres sauvages, et nous n'aurons pas trop de toute la matinée pour les rejoindre et les traquer. »

Avec un bâillement expressif, Lur Hoo fit comprendre à l'aigle qu'il eût préféré se sécher au soleil sans être dérangé, afin de mieux profiter de cette belle journée de printemps, mais l'air courroucé de Kam le força à se lever, ce qu'il fit avec le plus de lenteur possible pour bien marquer sa désapprobation. L'aigle alors s'élança vers le ciel, lui indiquant la direction à suivre et l'invitant à se presser par de petits cris d'encouragement. Avec un profond soupir, et une mauvaise humeur évidente, Lur Hoo traversa le ruisseau et commença de gravir le flanc de la montagne opposée. L'aigle volait toujours plus haut et plus loin. Il traçait maintenant de grands cercles au-dessus d'un point précis situé à une distance assez éloignée, mais Lur Hoo ne le perdait pas de vue et savait qu'il était arrivé à la verticale du troupeau, position qu'il ne quitterait plus jusqu'à ce que Lur Hoo fût parvenu dans les parages.

Le soleil était au zénith quand Lur Hoo aperçut les chèvres. Elles paissaient tranquillement sur l'herbage, inconscientes du danger, et leurs fourrures blanches et grises se confondaient merveilleusement avec les rochers environnants. Il fallait un regard aussi perçant que celui de l'ours pour les localiser.

Lur Hoo se mit à gravir le versant, toujours guidé par le point minuscule de Kam. Sa mauvaise humeur avait complètement disparu et seul l'attrait de la chasse comptait maintenant pour lui. Le vent était favorable, ainsi que la disposition des lieux.

Le haut du vallon formait en effet un étroit défilé avant de s'évaser de nouveau sur la montagne. Lur Hoo allait pousser un rugissement terrible à l'endroit où il se trouvait, puis il se précipiterait au point le plus resserré.

Effrayées, les chèvres sauvages ont toujours tendance à monter pour gagner l'abri des rochers parmi lesquels leur agilité et leur adresse font merveille. Elles emprunteraient donc le défilé, et c'est là que Lur Hoo les guetterait.

Il choisirait sa proie et fondrait sur elle à une vitesse tellement surprenante qu'il était rare dans un tel cas que celle-ci puisse lui échapper. C'est au moment même où Lur Hoo se dressait de toute sa taille pour exécuter son plan que retentit le premier aboiement.

Aussitôt, et pendant de longues secondes, la montagne entière parut se figer. Les chèvres, debout sur leurs petites pattes grêles et tremblantes, Kam, immobile dans l'air glacé, Lur Hoo, les oreilles levées et le regard fixe, tous semblaient pétrifiés par cet indice soudain et brutal de la présence de l'homme.

Puis ce fut la débandade. Les chèvres s'élancèrent vers les rochers, Kam plongea brusquement et se redressa comme un bolide au ras des sapins, descendant vers la vallée pour évaluer le danger. Lur Hoo, légèrement inquiet devant les aboiements qui se rapprochaient, escalada des éboulis dans l'expectative de ce qui allait se passer et, se retournant soudain, il aperçut l'autre ours.

C'était un jeune grizzli de deux ou trois ans, qui paraissait un peu affolé et gravissait rapidement le vallon. Il huma la présence récente des chèvres sauvages et pensa que leur fumet mêlé au sien pouvait peut-être égarer les chiens et lui permettre de s'enfuir. Il suivit la direction prise par les chèvres, jusqu'au pied du défilé, puis revint sur ses traces avant de franchir d'un bond le petit ruisseau, passant auprès des éboulis derrière lesquels se dissimulait Lur Hoo.

Toujours immobile, celui-ci surveillait l'arrivée des chasseurs. L'instinct de la chasse brusquement réveillé en lui le faisait trembler des pieds à la tête, et ses yeux luisaient d'une étrange lueur.

Les aboiements se faisaient de plus en plus proches et furieux. Précédant les hommes, trois chiens surgirent au bas du vallon, suivant la trace fraîche du jeune grizzli. Un instant pris au dépourvu par le mélange d'odeurs, ils s'engagèrent prudemment sur la mauvaise piste.

Les chasseurs apparurent à leur tour, grimpant rapidement la pente. Ils étaient six, six hommes bottés et armés, portant chacun sur le dos un gros sac de montagne lourdement chargé, les deux premiers marchaient en éclaireurs, le fusil à la main ; les quatre autres venaient derrière, groupés, à quelque distance.

Lur Hoo reconnut aussitôt le vieux John Hobson – l'un de ceux qui étaient en tête – à sa belle barbe blonde et son allure pesante et décidée de montagnard. Hobson était un guide renommé, doublé d'un chasseur d'ours adroit et dangereux. On ne comptait plus le nombre de ses victimes et sa seule présence représentait en général la certitude d'une dépouille ou d'un trophée.

Les cinq autres étaient des hommes de la plaine qui avaient décidé d'une chasse à l'ours sous la conduite de Hobson.

Deux d'entre eux, Wood et Mac'Cairn, les plus âgés, étaient des vieilles connaissances de Lur Hoo, qui avait déjà eu l'occasion de les apercevoir en montagne lors de précédentes chasses. Hommes adroits et courageux, ils n'étaient de toute évidence pas encore habitués à l'air raréfié de l'altitude. En revanche, les trois derniers étaient des néophytes, dont c'était sans doute la première chasse à l'ours, et qui peinaient visiblement dans la raide montée du vallon.

Lur Hoo hésita un instant. La présence de Hobson, qui l'avait déjà blessé une fois, laissait présager une poursuite difficile et terriblement dangereuse, avec au bout du compte une probabilité d'y laisser sa peau s'il ne parvenait pas à distancer les chasseurs. Il lui restait quelques secondes avant que les hommes, qui redescendaient maintenant le long du petit ruisseau, ne croisent la piste du jeune grizzli et ne lâchent à nouveau leurs chiens.

Cependant l'attrait d'une longue et grande chasse, épuisante mais combien fascinante, le goût du danger, la perspective de se mesurer une nouvelle fois avec un chasseur de la valeur de Hobson, tout cela bouleversait le cœur de Lur Hoo et l'entraînait irrésistiblement.

Alors, il quitta brusquement sa cachette, rejoignit la piste du jeune grizzli, lequel ne saurait jamais comment le destin lui avait accordé une chance pareille, la suivit pendant une centaine de mètres, puis s'en éloigna, ostensiblement...

1. Le premier jour

– Ça par exemple! Venez voir, tous!

Les jambes écartées, le regard agrandi, Wood, qui était en tête, reflétait l'image même de la stupeur.

Les cinq autres le rejoignirent et n'en crurent pas leurs yeux : dans l'herbe rase de la montagne, profondément inscrites sur le sol, les empreintes d'un ours énorme se superposaient à celles du jeune grizzli dont ils suivaient la trace. A une centaine de mètres plus avant, à l'endroit même où se séparaient les deux pistes, les chiens, énervés, allaient de l'une à l'autre, semblant attendre la décision des chasseurs.

Ce fut comme une explosion collective de cris et de jurons :

– Incroyable! Inouï! Par le diable! Jamais vu ça!

Tous montraient leur stupéfaction, dans l'exaltation de cette découverte. Seul le vieux Hobson, la mine renfrognée, se taisait, en réfléchissant.

Le tumulte apaisé, ses compagnons se tournèrent vers lui.

– Enfin, ce n'est pas possible, dit Mac'Cairn, il n'y a pas un quart d'heure que cet ours a croisé la piste. Il a dû nous entendre arriver, voir passer son congénère! Ce n'est pas croyable qu'il se jette ainsi au-devant de nos fusils!

– Oui! reprirent les autres, on dirait vraiment qu'il l'a fait exprès!

Le vieux chasseur s'éclaircit la gorge avant de répondre.

– J'ai bien peur qu'il ne l'ait « réellement » fait exprès!

– Allons donc!

Les exclamations jaillirent de plus belle.

– Écoutez-moi, dit Hobson. Voyez l'empreinte de sa patte droite qui s'enfonce un peu plus que les autres. Cet ours a été blessé par moi il y a trois ans, et depuis il boite légèrement. Je le connais bien, croyez-moi! Les paysans de la vallée l'appellent Lur

Hoo, à cause de son cri bizarre. C'est un grizzli gigantesque, d'environ quinze cents livres, qui vit plus loin au sud, dans la haute montagne. Mais ce n'est pas un ours ordinaire. C'est un animal très dangereux qui a déjà six victimes à son actif.

– Comment, dit le jeune Lower, cet ours a déjà tué six fois, et il n'a pas encore été abattu?

– Oh! ce n'est pas faute d'avoir essayé! Tous les ans, les paysans organisent une ou deux battues contre lui, pour tenter de protéger leurs troupeaux, mais en vain, du moins jusqu'à présent! Quand on le cherche à son repaire, il n'est jamais là! Personnellement, j'ai participé à quatre d'entre elles; je l'ai aperçu trois fois et l'ai touché une fois. Il a toujours réussi à nous échapper! Oh oui! J'ai un vieux compte à régler avec lui, soyez-en sûrs, mais cet animal possède la force du buffle et la ruse du renard. Avec ça, il est malin comme un singe et vicieux comme un mulet!

– Ce n'est pas un ours, c'est une ménagerie! s'exclama Wood en riant.

– Alors, qu'attendons-nous? dirent les jeunes chasseurs. Poursuivons-le, et essayons de l'avoir!

– Non! dit le vieux guide, cet ours est beaucoup trop dangereux. Nous sommes six, mais trois d'entre nous n'ont jamais vu un ours de près, encore moins ce qu'un ours de cette taille est capable de faire.

– Bah! dit Lower, quand je l'aurai au bout de mon fusil, ours ou pas, je lui collerai une balle dans le crâne, et ce sera le plus beau trophée de ma collection.

– Vous avez trop tendance, mon jeune ami, à confondre un ours avec un chevreuil ou un sanglier. Croyez-moi, celui-là est un chasseur, un vrai, et s'il a croisé la piste de son congénère, c'est qu'il l'a voulu, et qu'il espère bien que nous allons lui courir après! Non, je refuse catégoriquement de vous entraîner dans cette aventure où l'un d'entre nous peut y laisser la vie.

– Écoutez, John, dit Wood d'une voix grave, nous vous avons engagé pour chasser l'ours, n'importe quel ours, quels que soient sa taille, son poids, son origine ou son pedigree. Que cet ours cherche ou non la bagarre, je m'en fous! D'ailleurs, je n'en crois rien! Le gros malin s'est tout simplement fourré entre nos pattes en voulant filer plus vite. Tant pis pour lui, et tant mieux pour nous! Quant à vous, John, nous vous avons payé pour nous guider, et bien guidez-nous! C'est tout ce qu'on vous demande, en vous priant de garder pour vous vos légendes de montagnard! D'accord, vous autres?

Les quatre chasseurs eurent un murmure d'assentiment.

– Bon, bon, répondit Hobson horriblement vexé, je dois remplir mon contrat! Mais je vous avertis que je tiens à ce que vous preniez le minimum de risques, ce qui veut dire qu'à partir de maintenant vous devez me promettre d'exécuter exactement mes ordres, même si ceux-ci vous semblent particulièrement ridicules ou puérils!

– D'accord, d'accord, John, reprit Wood un peu adouci, on vous obéira! Mais ne perdons plus de temps, et sus à cet ours mythique et redoutable!

Un hurlement enthousiaste vint se répercuter contre les parois enneigées, et les six hommes reprirent leurs sacs et leurs fusils.

– Fasse le ciel que tout se passe bien, marmonna Hobson dans sa barbe, mais croyez-moi, mes gaillards, on en reparlera dans deux jours!

Les paroles du guide s'évanouirent dans l'air pur de la montagne sans qu'aucun de ses compagnons n'en perçoive une syllabe. Les chiens rappelés et lancés sur la nouvelle trace toute fraîche, les chasseurs étaient déjà loin, lorsque avec un soupir et un hochement de tête, Hobson se décida enfin à se mettre en route pour les rejoindre.

A courte distance, sur un promontoire, Lur Hoo avait observé avec une certaine inquiétude les efforts de Hobson pour tenter de convaincre les hommes de suivre la piste du jeune grizzli, mais lorsqu'il les vit prendre la sienne, une sorte de rictus retroussa ses babines, et ses yeux brun-jaune brillèrent de plaisir. Très haut, dans le ciel calme et bleuté, l'aigle immobile suivait les opérations, se réservant d'intervenir si la situation l'exigeait.

Lur Hoo descendit sans se presser le flanc de la montagne, s'amusant à faire de nombreux détours parmi les sapins. Il restait encore de longues heures avant le coucher du soleil, et il convenait de fatiguer le plus possible les poursuivants. En outre, il lui fallait absolument trouver de la nourriture, car, ayant les chiens à ses trousses, il n'était plus question pour lui de chercher du gibier. Il cueillait au passage quelques baies racornies par-ci, par-là, mais son estomac commençait à crier famine et il regrettait de s'être lancé dans cette aventure le ventre creux.

De fait, dans une telle poursuite, la vitesse relative des hommes et de l'ours varie peu. L'ours et les chasseurs savent que c'est une affaire d'endurance, et que le plus tenace, pas nécessairement le plus malin, gagne la partie. Or, l'animal ne peut se nourrir ni le jour, puisqu'il est traqué, ni la nuit, car il est bien obligé de se reposer. Si, en le serrant de près, on l'empêche d'absorber la moindre nourriture, l'avantage revient normalement aux hommes, qui peuvent s'alimenter facilement puisqu'ils emportent leur nourriture avec eux. Il arrive un moment, fatalement, où l'ours, affamé, commet une faute. Alors, incapable de lutter contre les chiens, rattrapé par les chasseurs, c'est la mort au bout des fusils.

Cela peut durer parfois plusieurs jours, ce qui oblige les adversaires à parcourir de grandes distances, en tournant en rond la plupart du temps, car l'ours n'aime pas s'éloigner de son repaire ni des lieux qu'il connaît. Il lui est plus facile d'entraîner ses poursuivants dans un dédale de chausse-trappes et de pistes multiples sur un terrain de sa connaissance, plutôt que de parcourir des lieux ou des itinéraires inconnus pouvant lui ménager des surprises désagréables, presque toujours mortelles.

Par chance, Lur Hoo avait tué la veille un jeune bœuf qu'il n'avait dévoré qu'en partie et dont il avait caché la carcasse à l'orée des bois ceinturant les hauts pâturages. Il décida d'amener au soir tombant les chasseurs dans le voisinage de sa cachette, et de profiter de leur fatigue et de la nuit pour assouvir sa faim. Sinon, il devrait rompre le contact au plus vite, et fuir, fuir le plus loin possible vers le nord, jusqu'à ce que les chasseurs, découragés, abandonnent la partie; mais avec ce diable de Hobson, rien n'était gagné d'avance, et toutes les précautions s'imposaient.

Afin de tâter le flair et l'intelligence des chiens, Lur Hoo tendit plusieurs pièges, traversant des passages rocheux où sa trace devenait invisible et son odeur presque imperceptible, car le chien sent mieux la présence du gibier sur les terrains herbeux et humides, où l'odeur tenace des animaux sauvages reste bien imprégnée, tandis qu'elle disparaît presque totalement sur les parois lisses et sèches. Il entra dans des ruisseaux, ressortant plusieurs centaines de mètres plus loin, grimpa le long d'une paroi escarpée que les chiens, peu habitués à ce genre d'exercice, seraient obligés de contourner. Chaque fois, il put constater la rapidité avec laquelle ceux-ci déjouaient tours et contours avec adresse et perspicacité.

L'un d'eux surtout, Flag, le chien de Hobson, vieil habitué de la chasse à l'ours comme son maître, ne se laissait pas rebuter par les ruses les plus savantes. Calmement, en vrai limier, il étudiait avec soin chaque détail du problème posé, et, deux fois sur trois, trouvait d'emblée la bonne solution. S'il avait été seul, Flag aurait déjà rejoint Lur Hoo, malgré toute sa science des embûches, mais les chasseurs ne pouvaient suivre aussi facilement et Flag était bien trop prudent et avisé pour risquer de s'éloigner en avant des fusils.

Oui! La chasse serait dure, très dure, et la grande exaltation qui avait poussé Lur Hoo le matin même sur le sentier de la guerre faisait place maintenant à une inquiétude pressante, à un manque de confiance évident; mais c'était cela, la chasse, cette

alternance d'obstination et de découragement, où chacun des deux adversaires
jouait son jeu en silence, avant le grand
moment de la surprise et de l'attaque.

Le soleil tombait doucement derrière les
sapins quand Lur Hoo décida de descendre
vers les pâturages. En aucun cas il ne fallait
donner l'éveil aux chasseurs. Si, par mal-
heur, les chiens découvraient la carcasse du
bœuf, la poursuite était terminée, car Lur
Hoo, las et le ventre creux, n'aurait plus le
temps ni le courage d'atteindre la vallée
pour dénicher une nouvelle proie, remonter
ensuite dans la montagne, et subir une
autre journée de chasse sans avoir pu se
reposer suffisamment. La mise à mort, dans
ce cas, ne faisait aucun doute.

Il établit un réseau de pistes et de contre-
pistes, aux abords même de la forêt, donnant ainsi aux chasseurs l'impression d'un
ours épuisé n'attendant plus que la nuit
pour bondir dans la vallée; puis il guetta
anxieusement afin de savoir si les hommes
allaient établir là leur campement, ou continuer pour le forcer à regagner la montagne.

Les chiens étaient aux prises avec le
dédale des pistes, et Flag lui-même avait

bien de la peine à s'y reconnaître. Au bout d'un moment les chasseurs s'aperçurent qu'ils tournaient en rond et que les traces ne s'éloignaient guère de l'orée de la forêt.

– Ah ça, dit Hobson après avoir réfléchi un bon moment, j'ai l'impression que notre ami n'en peut plus et voudrait bien que nous campions ici!

– Nous aussi nous n'en pouvons plus! s'exclamèrent les plus jeunes qui, visiblement, ne tenaient plus sur leurs jambes.

– S'il veut arrêter là le jeu pour ce soir, nous pouvons lui accorder cette chance, reprit Mac'Cairn. J'avoue humblement que moi aussi, je suis fourbu.

– Et moi donc! dit Wood. Cet ours n'est vraiment pas commode à aborder!

– Encore moins qu'une jolie femme! soupira Lower.

Tous éclatèrent de rire, malgré la fatigue.

– Vous pensez vraiment, John, que ce gros malin veut que nous campions au bord de la vallée?

– J'en suis persuadé, dit Hobson, et s'il ne tenait qu'à moi, je le pousserais encore un peu pour voir la tête qu'il ferait!

– Pitié, John, s'écrièrent les chasseurs, cela suffit pour ce soir! Dressons le camp et reposons-nous!

Rapidement ils montèrent deux tentes près des sapins.

Des plaques de neige, que le soleil de printemps n'avait pas encore fait disparaître, parsemaient les herbages, mais dans quelque temps ceux-ci auraient de nouveau leur belle couleur verte et les sonnailles des premiers troupeaux retentiraient au pied des sapins.

Tandis que Pitt et Forsythe finissaient de monter les tentes, Hobson et Wood donnaient à manger aux chiens. Lower et Mac'Cairn entreprirent d'allumer un feu de bois sous une grande gamelle pleine de soupe.

Bientôt, une douce chaleur s'éleva du foyer. Les chasseurs s'assirent près du feu, une couverture sur les épaules, et tous humèrent avec délice le parfum qui s'échappait de la gamelle.

Ils se servirent en silence, et dévorèrent ensuite à belles dents pain, jambon et fromage. Après quelques rasades de bière et un peu de bourbon, rire et chansons commencèrent à faire leur apparition. Et les six hommes, l'estomac plein, la fatigue apparemment disparue, exprimèrent leur joie de vivre dans l'air frais et parfumé du soir.

Le rougeoiement du feu se mêlait au rougeoiement du ciel qui se piquetait d'étoiles. Les objets proches se fondaient aux lointains. La forêt paraissait une masse sombre, impénétrable, un domaine mystérieux et captivant, tandis qu'au-dessus d'elle, les hautes cimes des Rocheuses reflétaient encore un peu de lumière sur leurs crêtes enneigées. Tout était prétexte à féerie et les chasseurs, émerveillés, contemplaient le spectacle offert par la nature en devisant avec entrain.

– Nous l'aurons demain, votre matamore, disait Wood à Hobson. Il n'en peut plus après une journée de chasse! Croyez-vous toujours à vos stupides légendes?

– Hum, répondait le vieux guide à tous les quolibets, vous connaissez le proverbe sur la peau de l'ours, n'est-ce pas?

– Toujours aussi sceptique, à ce que nous voyons!

– Dix contre un que demain je le tirerai le premier! s'écria Lower.

Homme de loi de son état, fixé depuis

peu sur la côte Est, il adorait le jeu et ne ratait jamais une occasion de perdre son argent. Sa passion de la chasse n'avait d'égale que son orgueil et son mépris pour les animaux, qu'il considérait comme des êtres inférieurs.

– Tenu, répondait Mac'Cairn, je joue le proverbe.

– Allons donc, s'exclama Pitt, je me faisais des idées sur la chasse à l'ours. Tous les chasseurs que j'ai rencontrés semblaient considérer cela comme ce qu'il y a de plus difficile au monde. C'est pourquoi j'ai voulu me rendre compte par moi-même. Mais si cela se termine demain, ce n'est pas de jeu, Hobson, vous nous avez roulé avec votre ours soi-disant intouchable.

– Attendez, dit le vieux guide, attendez! Il n'a pas dit son dernier mot, et je suis persuadé qu'il nous mijote ce soir un tour à sa façon.

– Il ne va tout de même pas nous attaquer cette nuit! s'inquiéta Forsythe, assez craintif de nature.

Un peu plus âgé que Lower, agent d'assurances considéré d'une grande ville de l'Est, il n'avait consenti à participer à la chasse que sur l'insistance de Lower, son ami de toujours. Ses préférences allaient à la pêche sportive, ou la chasse au canard, mais il ne lui serait jamais venu à l'idée de chasser l'ours, si Lower ne l'avait pratiquement emmené de force.

– Non, non, dit Wood, le pauvre vieux se repose et doit même déjà dormir dans un trou des alentours.

– Aussi, je vous propose d'en faire autant, coupa Hobson, si vous voulez garder votre avantage. Demain, réveil à cinq heures. Vous Pitt et vous, Mac'Cairn, replierez les tentes tandis que Wood nous fera l'honneur du café. Départ à six heures, au lever du soleil. Bonne nuit à tous!

Les chasseurs gagnèrent les tentes, où bientôt des ronflements étouffés vinrent se mêler aux cris des oiseaux nocturnes et au frissonnement de la forêt.

A quelque distance, debout à l'abri des arbres, se confondant à la nuit, Lur Hoo attendait ce moment avec impatience. Sûr de ne pas être victime d'un ultime traquenard de Hobson, il s'éloigna en direction des restes du jeune bœuf abattu. Sans un bruit qui puisse donner l'éveil aux chiens, il se mit à manger gloutonnement. Il but ensuite au ruisseau proche et, découvrant une litière de feuilles mortes entassées sous un rocher, se coucha et s'endormit aussitôt. Ses rêves se peuplèrent du souvenir de ses chasses précédentes et, curieusement, les rêves de Hobson furent exactement semblables. Ce fut même le seul moment de cette mémorable journée où les deux chasseurs, l'homme et l'animal, se retrouvèrent.

2. Le deuxième jour

Un frissonnement léger, à quelques pas de lui, réveilla Lur Hoo. Son ami Kam, l'aigle gris, venait chercher son repas avant le réveil des chasseurs. Avec dignité, il choisit soigneusement quelques morceaux de viande intacts, avant que les corbeaux et les fourmis ne viennent accomplir leur œuvre nécrophage.

Le petit vent matinal de la montagne soufflant dans leur direction leur faisait parvenir au travers des sapins les appels et les rires des hommes qui repliaient les tentes et rangeaient le matériel.

La journée s'annonçait aussi belle que la précédente. Seuls, de petits nuages s'accrochaient désespérément aux plus hauts sommets des Rocheuses, immaculés dans le bleu d'azur du ciel. Mais le vent irrégulier laissait présager à Lur Hoo un prochain changement de temps, probablement dans la soirée.

Calmement, l'ours but au ruisseau, découvrit encore sur la carcasse du bœuf de quoi satisfaire son appétit, puis, accompagné de Kam volant au-dessus des arbres, reprit le chemin de la montagne, le ventre alourdi et l'esprit serein. Sans doute serait-ce son dernier repas avant longtemps, mais Lur Hoo avait recouvré sa belle assurance, et la passion de la chasse étreignait de nouveau son cœur.

Hobson, durant ce temps, vérifiait que tout le matériel était rangé et les charges équitablement réparties entre les six hommes. Les chiens, impatients, faisaient retentir leurs aboiements joyeux, tandis que les chasseurs s'interpellaient avec insouciance. Tout allait pour le mieux, le ciel était bleu, le soleil brillait au travers des sapins et la nature était en fête autant que les cœurs.

– Prêts? dit Hobson. Alors allons-y!

En fait de départ, il fallut bien vingt minutes pour que Flag retrouve la bonne piste dans le labyrinthe tracé par l'ours la veille au soir. Piaffant d'impatience, ils tombèrent presque aussitôt sur la carcasse du jeune bœuf.

– Voilà pourquoi il désirait tant que nous campions dans les parages, hier soir, dit Hobson. Je me doutais bien qu'il mijotait un tour à sa façon.

– Si je comprends bien, constata Jérôme Pitt, pendant que nous soupions gaiement autour du feu, l'ours en faisait autant, à deux pas de nous!

Pitt était ingénieur dans un grand centre nucléaire, situé sur la plaine non loin de la montagne. Peu bavard de nature, il aimait la simplicité et la clarté qui caractérisaient un raisonnement logique. Tout ce qui n'entrait pas dans le cadre étroit de ses croyances et de ses idées reçues le plongeait toujours dans un abîme de stupeur et d'incompréhension.

– Je crois même qu'il s'est régalé de nos chants et qu'il a dû sourire de nos fines plaisanteries, renchérit Mac'Cairn.

– Mais comment se fait-il que les chiens ne l'aient ni entendu ni senti?

– Oh, répondit Hobson, un autre ours, peut-être! Mais Lur Hoo a plus d'un tour dans son sac. Il connaît les secrets de la montagne et sait se placer par rapport au vent. S'il le veut, il peut marcher aussi doucement et silencieusement qu'un chat dans la nuit !

– Allons bon, le voilà qui recommence ! s'écria Wood. Ce... comment dites-vous déjà ?... Lur Hoo va nous donner des complexes. Ce qui m'inquiète bien davantage, moi, c'est qu'il a maintenant le ventre plein et qu'il peut supporter allégrement plusieurs journées de chasse.

– Ne perdons pas de temps alors, dit Lower, et ne le laissons pas souffler un instant !

Les chasseurs, précédés des chiens, reprirent la trace qui s'enfonçait directement à travers les bois, vers la montagne ; mais la grande émulation du départ avait disparu. Wood et Mac'Cairn, qui pratiquaient souvent la chasse à l'ours, éprouvaient l'un et l'autre un sentiment curieux devant l'étrangeté du comportement de l'animal, sentiment que renforçaient, malgré leur réticence, les paroles du vieux guide.

Wood dirigeait une entreprise de construction à Detroit, et son seul délassement d'homme fort, matérialiste, habitué aux rudes contacts d'un métier difficile, était la chasse à l'ours en montagne. Il conservait jalousement ses trophées, après les avoir fait naturaliser, et son plus grand plaisir était de les exposer dans son salon en racontant ses exploits cynégétiques devant un cercle d'amis blasés ou prévenus.

Mac'Cairn, en revanche, beaucoup plus calme, était le type même de l'Écossais, grand et flegmatique, tel qu'on le rencontre encore dans les Highlands. Son grand-père, émigré aux États-Unis, avait conquis son ranch de haute lutte, avec le courage et l'obstination des gens de sa race.

Aujourd'hui, Mac'Cairn Junior, heureux propriétaire de nombreuses têtes de bétail, père d'une nombreuse famille riante et piaillante, éprouvait de temps en temps le besoin d'entrer, comme il le disait, « en hibernation ». Il partait alors pendant deux ou trois semaines, soit en voyage dans des contrées lointaines, soit à la chasse au gros gibier; son calme et son habileté de tireur en faisaient un chasseur très adroit et particulièrement avisé.

Seul avec Hobson, il aurait accepté sans sourciller de reprendre la poursuite du jeune grizzli. Il n'avait cédé qu'à l'exaltation du groupe, mais aujourd'hui, il reconnaissait que le morceau serait plus dur que prévu, et cela le chagrinait un peu, d'autant plus qu'il avait promis à son épouse d'être de retour dans deux jours.

Tandis que Wood et Mac'Cairn réfléchissaient, John Hobson riait dans sa barbe aux plaisanteries douteuses des jeunes chasseurs, lesquels, ignorant tout de la chasse à l'ours, continuaient de bavarder entre eux sans la moindre inquiétude.

L'ours allait droit vers la montagne sans chercher à s'esquiver. Il était en pleine forme et n'avait pas l'intention de se laisser rattraper. La forêt avait fait place à des étendues rocheuses piquetées de neige et de plaques verglacées où la trace de l'animal se lisait à vue.

Soudain, après trois heures de marche, alors qu'ils venaient d'atteindre le sommet d'un petit décrochement, Hobson leur fit signe de s'arrêter.

Devant les chasseurs s'étendait un vallon assez profond, au fond duquel serpentait un ruisseau issu d'un large marécage où les roseaux de l'année précédente dressaient encore leurs tiges raidies par le froid.

– Attendez, dit Hobson. Si notre ami veut

gagner la montagne, il a intérêt à passer par ce col, au-delà du marais, plutôt que de gravir le versant qui nous fait face. Mac'Cairn et Lower, filez le plus vite que vous pourrez le long de la crête, et placez-vous de chaque côté du col, en restant l'un l'autre à portée de fusil. S'il remonte le vallon et sort du marais, laissez-le grimper jusqu'à la bonne distance, et tirez ensemble avant qu'il ne soit trop près. Wood et Forsythe, vous allez descendre au fond du vallon et rejoindre le col. Pitt et moi-même en ferons autant par le versant d'en face. Au cas où le coup serait raté, nous pourrons l'empêcher de faire demi-tour et le forcer ainsi à s'exposer à découvert. Allons-y! Les chiens restent avec moi!

Mac'Cairn et Lower s'éloignèrent rapidement sur la ligne de crête, tandis que les quatre autres dévalaient la pente, suivant en cela la piste de Lur Hoo, toujours aussi exempte de surprises.

Celui-ci, confiant et reposé, continuait son chemin vers le débouché du vallon, sans soupçonner un instant le piège tendu par les hommes: Il longea le petit ruisseau et pénétra dans le marécage, écrasant les tiges sèches des roseaux sous ses pattes énormes.

La traversée fut l'affaire de quelques minutes, et l'ours s'acheminait gaillardement vers le sommet du col lorsque le cri d'alarme de Kam le rappela soudain à la réalité. Tout en haut, où le ruisseau prenait sa source, l'aigle effectuait plusieurs plongeons au ras des rochers : les hommes étaient là!

Lur Hoo reconnaissait la ruse du vieux Hobson et regrettait sa trop grande confiance. Sans Kam, il eût été abattu dès l'abord du col. Il ne lui restait plus qu'à rebrousser chemin rapidement et tenter d'escalader l'un des versants avant que les autres poursuivants ne lui en barrent l'accès.

Mais il était déjà trop tard! Au ras du marais apparaissaient les chasseurs, et s'échapper vers les bois qui ceinturaient les crêtes était une folie à ne pas commettre. Lur Hoo replongea donc parmi les roseaux et se tint coi.

Du haut du col, Lower et Mac'Cairn avaient vu l'ours sortir du marais. Même à cette distance, la masse de l'animal semblait un énorme rocher roulant à contre-pente le long du petit ruisseau. Ensemble, ils avaient épaulé leur arme, lorsque, soudain, l'ours s'était immobilisé, puis faisant demi-tour, avait replongé parmi les roseaux.

Les deux chasseurs, tout excités, coururent rejoindre leurs compagnons qui se dirigeaient vers le marécage.

– Il est là, caché dans le marais! hurla Mac'Cairn.

– N'approchez pas des roseaux, s'écria Hobson, cernez le marais en restant tous à portée de fusil les uns des autres. S'il sort, tirez immédiatement, ne le laissez surtout pas avancer. A courte distance, un ours pareil ne peut pas être abattu sur le coup.

– Nous le tenons, s'écrièrent les jeunes chasseurs, il ne nous échappera pas!

– Nous l'avons peut-être, mais il n'est pas encore mort. Je ne comprends pas comment il a décelé notre présence, à Lower et à moi! Nous étions sous le vent, bien camouflés, et, à l'instant même où nous allions tirer, il a fait demi-tour.

– Énorme, racontait Lower, fabuleux! Le plus gros ours que j'aie jamais vu!

En fait la situation n'était pas aussi simple qu'elle le paraissait. Si les chasseurs tenaient l'ours sous la menace de leurs fusils, il ne leur était pas possible de pénétrer dans le marais pour le débusquer, car la visibilité réduite aurait facilité une attaque de l'animal. Quant à y envoyer les chiens, c'était les exposer à un massacre inutile, dans l'impossibilité de les protéger efficacement. Aussi, pour l'instant, la partie était nulle.

D'un côté, les chasseurs encerclaient le marais et gardaient l'ours sous leur feu; de l'autre, celui-ci pouvait y circuler sans être invisible, mais il ne pouvait s'en évader.

Les chasseurs tentèrent de l'effrayer en lâchant quelques coups de feu au-dessus du marais, mais Lur Hoo était bien trop avisé pour s'exposer stupidement.

Midi arriva sans que les positions aient changé. L'ours se promenait toujours parmi les roseaux, et les chasseurs, de plus en plus nerveux, guettaient l'instant où la robe grise viendrait s'encadrer dans la mire du fusil.

Pour se calmer, ils mangèrent l'un après l'autre, l'arme posée sur les genoux, mais dès que le soleil eut passé le zénith, leur nervosité s'accrut. Enfin, au comble de l'impatience, ils demandèrent à Hobson ce qu'il fallait faire afin d'obliger l'ours à quitter le marais.

Le vieux guide réfléchissait depuis un bon moment au problème, et, à vrai dire, aucune solution ne le satisfaisait pleinement. Il y avait de quoi crever de rage! Cet ours qui lui avait déjà filé trois fois entre les doigts, il l'avait là au creux de sa main, et il lui était impossible de l'atteindre.

Ah! s'il n'était pas responsable de cette équipée, s'il s'était agi d'une battue avec des chasseurs expérimentés, il se serait sans aucun doute aventuré parmi les roseaux, se fiant à son prodigieux instinct de chasseur et à son adresse, et aurait débusqué l'animal, mais il ne pouvait exposer de jeunes chasseurs à un ours rendu furieux par une claustration imposée. Toutefois, envisager une sortie hypothétique de l'ours ne servait à rien. Celui-ci attendrait sagement la nuit pour déguerpir, et tout serait à recommencer. Il fallait donc agir, mais comment?

De son côté, Lur Hoo, de plus en plus inquiet, montait et descendait la courte partie du ruisseau qui serpentait dans les roseaux.

Furieux de s'être laissé prendre comme

un débutant à la ruse de Hobson, il regrettait amèrement son excès de confiance de la matinée.

Lui aussi cherchait le moyen de rompre les mailles du filet qui l'enserrait au fond du vallon. A plusieurs reprises, il avait testé la vigilance des chasseurs en s'approchant de la bordure des roseaux, mais deux ou trois balles au ras de son échine lui avaient montré que ceux-ci n'espéraient que son apparition pour l'abattre. Il fallait donc patienter jusqu'à la nuit, mais Hobson allait sans aucun doute tenter quelque chose, et il lui faudrait se battre pour sa vie.

Les heures passaient sans que les deux parties n'entreprennent une action décisive. A la fin, n'y tenant plus, Wood se leva et, s'adressant à Hobson :

– Écoutez, Hobson, nous ne pouvons rester ici à nous regarder en chien de faïence jusqu'à ce soir. Cet ours ne sortira que si nous l'y forçons. Lâchons les chiens, bon sang, et suivons-les dans les roseaux.

– Mais ils vont se faire massacrer, protesta le guide. Il doit être enragé à l'heure qu'il est !

– Il faut risquer le coup, reprit Wood, et puis nous tirons vite, vous et moi.

– C'est dangereux, murmura Hobson, terriblement dangereux, mais que faire d'autre?

– Écoutez-moi bien, tous! reprit-il à haute voix, je vais descendre avec Wood dans les roseaux. Lur Hoo essaiera sans doute de s'enfuir vers le col, car la pente y est moins raide et il donnera toute sa vitesse. Mac'Cairn et Lower, regagnez vos positions de ce matin, et s'il survient, ne le ratez pas! Pitt, vous garderez le flanc gauche, et vous Forsythe, le flanc droit. S'il vient sur vous, tirez, tirez tant que vous pourrez, nous serons derrière pour l'achever! Bonne chasse à tous!

Là-dessus, Wood et Hobson se rejoignirent au bas du marécage et lâchèrent les chiens, avançant prudemment dans la boue, l'arme haute, prêts à faire feu à la moindre alerte.

Lur Hoo vit tout de suite le danger. Inutile de tergiverser maintenant que la bataille était engagée. Il se précipita à l'opposé du marais et s'aperçut immédiatement de l'absence des chasseurs qui gardaient le col. La ruse était trop évidente et l'ours se rendit compte que suivre cette voie était ce que souhaitait Hobson : la mort pour lui.

A gauche et à droite, il y avait les jeunes chasseurs. Lur Hoo les examina attentivement l'un après l'autre. Pitt, le fusil sur le bras guettait calmement l'apparition éventuelle de l'ours. Cet homme-là était dangereux, par son flegme et son sang-froid.

En revanche de l'autre côté, Lur Hoo remarqua aussitôt l'attitude agressive de Forsythe. Il avait épaulé son arme et son regard suivait avec anxiété la progression de ses camarades dans le marais.

Il n'y avait pas à hésiter, mais il fallait faire vite! Déjà les hommes et les chiens atteignaient le milieu du marécage, les jambes enfonçant jusqu'aux genoux dans la terre molle, les chiens ayant de la peine à s'extraire du magma dans lequel ils s'engluaient. Du fait de sa masse et de sa puissance, Lur Hoo avait l'avantage dans le marais, et Hobson le savait bien qui, refrénait du mieux qu'il pouvait l'ardeur des chiens et celle de son compagnon.

Lur Hoo descendit le ruisseau à proximité des deux chasseurs, en faisant le plus de bruit possible, courut vers la bordure du marécage, en direction de Pitt.

– Attention! hurla Hobson, qui s'élança sur la gauche, suivi de Wood. A vous, Pitt, à vous!

Pitt épaula son arme et attendit l'ours, mais celui-ci ne parut pas.

Parvenu à la lisière des roseaux, il se retourna subitement, courut en sens inverse de toute sa vitesse, franchit le ruisseau, et, brutalement, sortit du marais avant que les chasseurs, surpris, n'aient compris ce qui arrivait.

Le premier, Hobson s'aperçut de la manœuvre de Lur Hoo. Il se précipita sur la droite en hurlant :

– Attention, Forsythe, c'est à vous! Ne le ratez pas.

Forsythe, les yeux exorbités, venait de voir surgir l'ours juste devant lui. Comme les autres, il avait cru que l'animal tenterait de gravir le versant opposé, et brusquement, voilà qu'il fonçait droit sur lui, à la vitesse d'un boulet de canon. Complètement affolé, Forsythe lâcha son premier coup, loin au-dessus de la tête de Lur Hoo, puis, jetant son arme, il se mit à courir vers un jeune sapin et se retrouva assis sur les premières branches, avant même que l'ours n'ait parcouru la moitié de la distance qui l'en séparait.

L'ours passa pratiquement en dessous de lui au moment même où Hobson surgissait des marais. Il épaula aussitôt, mais Lur Hoo se mettait déjà hors de portée en s'esquivant sous les petits sapins qui bordaient la crête. Avec un juron, Hobson verrouilla son arme, la reprit à l'épaule, puis s'adressant à Wood, qui s'extrayait du marais, il lui jeta :

– Alors, mes légendes de montagnard, ça n'existe pas, hein ?

Wood ne répondit pas, mais la pâleur de son visage, malgré la course qu'il venait d'effectuer, parlait pour lui.

Mac'Cairn et Lower les rejoignirent à leur tour, tandis que Pitt, prudemment, contournait le marais.

Ensemble, ils attendirent Forsythe, lequel, tremblant encore d'émotion, descendit lentement de son perchoir.

La colère de Wood s'épancha brutalement sur ses épaules, et les mots les plus grossiers lui sonnèrent aux oreilles.

– Ne lui jetons pas la pierre, dit Hobson. Après son premier coup, s'il n'avait pas bondi dans cet arbre, il serait mort à l'heure qu'il est!

– Peut-être bien, reprit Wood, mais si j'avais été à sa place, je ne l'aurais pas raté, moi!

A ce moment, un cri formidable, venu du haut du versant, se répandit dans l'étroite vallée. Subitement, la nature se prit à écouter, et dans le silence le plus extraordinaire, dans cette accalmie soudaine des bruits naturels, au milieu de ce paysage devenu irréel, apparut au sommet de la crête, au-dessus de la couronne des sapins, la silhouette d'un ours gigantesque, se découpant sur le ciel, dans la clarté du soleil couchant.

Le cri se fit entendre à nouveau, cri de victoire et de défi, il roula brutalement de paroi en paroi, et disparut enfin, comme aspiré par la vallée.

Alors les chasseurs semblèrent se réveiller, sortir de la catalepsie dans laquelle le spectacle les avait plongés. Ils tendirent le poing vers l'animal, et hurlèrent et de rage et de frustration.

Le cri retentit une troisième fois, et ce fut comme un éclat de rire atroce qui résonna longuement dans leurs têtes. L'instant était si tragique, si solennel, qu'ils avaient totalement perdu l'esprit dans cette confrontation magique. Puis, la silhouette de l'ours parut s'amenuiser, avant de disparaître derrière la crête, et, du même coup, l'enchantement fut rompu.

La nature se remit en marche, les oiseaux reprirent leurs chants, le vent fit frémir les sapins, et dans le calme retrouvé, les chasseurs se regardèrent les uns les autres, confus et ahuris. On entendit Forsythe éclater en sanglots, tandis que Pitt répétait comme une litanie :

– Ce n'est pas possible, pas possible. PAS POSSIBLE...

Hobson s'ébroua tel un chien qui sort de l'eau et reprit le contrôle de lui-même et de ses camarades.

– Secouez-vous, bon sang! Nous allons camper ici. Wood et moi avons de l'eau plein les bottes et le soleil va se coucher. Nous continuerons la poursuite demain matin. Pitt, Mac'Cairn, montez les tentes! Les autres, ramassez du bois pour allumer le feu!

Ces ordres brefs eurent le don de réveiller

les chasseurs. Chacun s'affaira, et bientôt des flammes claires s'élevèrent au bord du petit marécage. Ils se retrouvèrent tous en rond autour du feu, Hobson et Wood se séchant les pieds avec délectation. Mais la chaude ambiance de la veille avait disparu.

Chacun gardait devant les yeux l'image fantastique de l'ours se découpant sur le ciel violet, et le cri, ce cri étrange et terrible à la fois, vibrait encore dans leurs oreilles. La belle partie de plaisir que laissait entrevoir une chasse brève et facile s'était soudain transformée en un duel à mort, et la détermination, la férocité même, se lisait maintenant sur les visages. Ils sentaient instinctivement que cet animal s'était révélé un adversaire redoutable et, pis encore, s'était moqué d'eux. Ils lui en voulaient, non seulement d'avoir échappé à leurs fusils, ce qu'ils considéraient déjà comme une déloyauté, mais surtout d'avoir bafoué leur orgueil de chasseur en retournant contre eux leur propre piège.

C'était inconcevable de la part d'un ours et méritait vengeance. Pourtant ils prenaient vaguement conscience des avertissements du vieux guide, et cela ne leur semblait plus aussi stupide et extravagant. Les nuages qui s'amoncelaient au-dessus de leurs têtes, le vent qui fraîchissait quelque peu, l'ensemble des bruits nocturnes qu'ils entendaient vraiment pour la première fois, les flammes qui dansaient devant leurs yeux éblouis, tout cela leur rendait sensible la solidarité des choses et des êtres dans la montagne.

– Existe-t-il beaucoup de Lur Hoo dans la montagne? demanda soudain Mac'Cairn qui fumait en silence une pipe énorme.

– Quelques-uns, répondit Hobson. Solitaires, difficiles à approcher ou à atteindre, méfiants et rusés, ce sont eux les véritables rois des Rocheuses. Les paysans, qui les connaissent bien, les appellent des ours-chasseurs, et à vrai dire, on ne sait jamais très bien si c'est nous qui les chassons, ou bien eux qui nous chassent.

– Allons donc, dit Lower, un ours, aussi grand soit-il, n'est qu'un ours après tout, et la peur de l'homme est instinctive chez tous les animaux.

– Ça, c'est ce que disent les hommes de la plaine, mais il y a beaucoup de choses étranges dans la montagne que les hommes ignorent ou refusent de voir.

– Mais pourquoi, s'exclama Pitt, pourquoi?

– Parce qu'ils aiment ça, répliqua le vieux
avec violence. Oui, ils aiment la chasse
comme vous et moi, seulement, pour eux,
le gibier, c'est l'un de nous! C'est pourquoi
je voulais vous détourner de sa piste, et
pourtant je veux sa peau, à celui-là surtout!
Et je l'aurai! Bonsoir et à demain.

Ils le regardèrent s'éloigner avec surprise,
gênés par sa soudaine colère, puis, sans un
mot, pénétrèrent à leur tour sous les tentes,
mais cette nuit-là, ils eurent bien de la peine
à trouver le sommeil.

3. Le troisième jour

Il faisait très froid, ce matin-là, quand Hobson réveilla les chasseurs. Le vent avait apporté la pluie durant la nuit, et si celle-ci avait cessé, l'humidité ambiante s'était condensée en milliards de petites goutelettes d'eau qui opacifiaient entièrement le paysage et les alentours immédiats. On ne voyait pas à dix mètres, et les deux petites tentes semblaient baigner dans un océan de brume comme des îles désertes. Pas un bruit, pas un souffle de vent, pas même l'aboiement joyeux des chiens à l'approche d'une nouvelle journée de chasse. La brume absorbait tout, les sons et les images; seule restait l'humidité qui s'infiltrait insidieusement sous les vêtements de pluie, imprégnant les habits les plus chauds et gelant les corps.

Les chasseurs se serraient frileusement les uns contre les autres, buvant leur café tiède autour d'un feu rabougri qui tardait à prendre, malgré les efforts désespérés de Wood et de Lower. Aucun d'entre eux n'avait fait un effort de toilette et une barbe naissante apparaissait sur les visages rosis par le froid. Pourtant, malgré l'accablement des corps, les yeux reflétaient une détermination farouche. La nuit avait apaisé la fatigue, mais demeurait la blessure d'amour-propre que l'ours leur avait infligée la veille, et ils se sentaient prêts à toutes les audaces.

– Repliez les tentes, dit Hobson, nous partons!

Pesamment, ils se levèrent, rangèrent le matériel, et, les chiens tenus en laisse pour ne pas qu'ils s'égarent, ils commencèrent de gravir le versant pour retrouver la piste.

Lur Hoo venait de se réveiller à son tour. Le froid et l'humidité avaient accroché de fins cristaux de glace sur sa fourrure brune, le rendant presque blanc. Une épaisse condensation se formait à chaque expiration autour de son énorme mufle; cependant, à l'inverse des hommes, il ne ressentait pas le froid, l'épaisseur de ses longs poils le protégeant efficacement.

Immobile, il tenta de surprendre un écho de voix ou un aboiement au travers de la couche ouatée, mais celle-ci restait impénétrable et dissimulait le moindre bruit à son ouïe pourtant exercée.

Kam n'était pas au rendez-vous, n'ayant pu probablement repérer son ami dans le brouillard glacé. Il devrait lutter seul dans cette masse impalpable, silencieuse et pleine de traîtrise, qui rendait les êtres aveugles et sourds. Son unique espoir était qu'il en fût de même pour les chasseurs; pourtant le brouillard garderait longtemps l'odeur de sa trace, ce qui faciliterait la tâche des chiens. Le danger était là; il fallait fuir au plus vite, en se fiant exclusivement à son instinct et à la chance.

Lur Hoo s'ébroua vigoureusement, faisant éclater en mille morceaux la carapace blanche, puis il plongea dans l'invisible nuage, qui se referma aussitôt.

Les chasseurs retrouvèrent la piste beaucoup plus facilement que la veille, malgré le brouillard.

– Maintenant, dit Hobson, armez vos fusils, et que personne ne s'éloigne. J'éclairerai la piste avec Lower et les chiens; vous nous suivrez au plus près sans nous perdre de vue, en restant sur vos gardes. Dans cette soupe, ce ne serait qu'un jeu pour Lur Hoo de vous tomber sur le dos et de disparaître avant même que nous ne puissions faire feu. Ne parlez pas, ne vous dispersez pas, car nous aurions du mal à vous récupérer et la chasse serait terminée plus tôt que prévu.

– Sans compter, ajouta Mac'Cairn, qu'une mauvaise rencontre pourrait être fatale!

Ils s'engagèrent rapidement sur les pas de l'ours et leur étrange procession disparut aussitôt dans l'épaisseur des nuées. Il leur semblait marcher comme dans un rêve. Parfois l'ombre d'un sapin gigantesque surgissait devant eux, resplendissant de mille facettes glacées, puis s'évanouissait sitôt dépassé. Ailleurs, c'était un ruisselet qui sourdait sous leurs pas, et qui, sitôt franchi, paraissait n'avoir jamais existé.

La trace de l'ours était pourtant fraîche et

partait droit vers la montagne, car ils devinaient qu'ils montaient, insensiblement mais sûrement.

De nombreux détours, comme si l'ours cherchait sa propre voie dans cette semi-obscurité, mais pas d'entrelacs, pas de fausses pistes, Lur Hoo savait trop bien qu'avec cette humidité, Flag découvrirait de suite la trace la plus fraîche et gagnerait sur lui.

Cette trace était le seul point de repère pour les chasseurs, l'unique fil d'Ariane qu'ils enroulaient à la suite de l'immense grizzli. Ils se sentaient perdus, promenés en tous sens dans une nature hostile, incapables de discerner quoi que ce soit, si ce n'était ce fil ténu, invisible. Ils faisaient confiance à l'ours pour ne pas être entraînés dans une crevasse ou un précipice!

Toute la matinée passa dans cette poursuite irréelle. Lur Hoo, complètement désorienté, poussait vers la montagne où le conduisait son instinct.

Les chasseurs suivaient toujours, maintenant le contact avec l'animal.

Deux fois, Wood et Pitt crurent apercevoir une ombre glissant à leur côté dans cet univers glacé. Ils épaulèrent et tirèrent aussitôt, provoquant l'émotion des autres chasseurs, mais l'ombre avait disparu sitôt le coup parti, et le bruit même des détonations fut absorbé par le brouillard.

Vers midi, enfin, l'univers sembla s'agrandir, se développer. Quelques arbres dressèrent leurs fûts devant leurs yeux et le fantôme du soleil fit son apparition dans l'océan de nuées. Lentement le brouillard se dilua, s'effilochant parmi les troncs et les rochers. Le cercle d'or de l'astre du jour, enfin réapparu, en jeta bas les dernières traces, et les chasseurs purent contempler le paysage qui s'étendait devant eux.

C'était une large et profonde vallée, au relief tourmenté, bordée de chaque côté par des parois abruptes et verglacées. De petits torrents cascadaient impétueusement au milieu d'une forêt de blocs erratiques. Des sapins surgissaient çà et là, mais l'on se rendait compte que l'on était à la limite extrême de la végétation et que derrière ces énormes rochers, égrenés comme par une main gigantesque, s'étendait la masse redoutable d'un glacier.

Les chasseurs regardaient avec émerveillement ce paysage inconnu. Perdus dans le brouillard, accrochés à l'ours comme des

sangsues, ils s'étaient enfoncés très largement dans la montagne et ressentaient
davantage les effets de l'altitude. Hobson
lui-même, pourtant familiarisé avec cette
région, ne reconnaissait pas la vallée et
cherchait avec anxiété parmi les monts
environnants un point de repère lui permettant d'établir leur position. Mais les montagnes lui paraissaient inconnues, le paysage
hostile. Sa seule certitude était la proximité
d'une moraine glaciaire. Ils étaient donc
parvenus au pied de la haute montagne, de
ce grand désert blanc et sauvage, où hommes et bêtes ne s'aventuraient qu'avec
appréhension.

Il rassembla ses compagnons et donna
l'ordre de faire halte.

– J'ai l'impression, dit Wood, que nous
sommes perdus. Je ne connais pas ce glacier, et ne vois vraiment pas où nous sommes!

– Heureusement que nous avons un guide,
répondit Forsythe, toujours aussi craintif.

Hobson s'éclaircit la gorge avant de
répondre.

– Notre seul guide maintenant, c'est Lur
Hoo. Il nous a amenés ici et lui seul peut
nous en sortir, car je dois vous avouer que

c'est la première fois que je pénètre dans cette vallée.

– Comment, reprit Forsythe, nous sommes réellement perdus? Mais c'est épouvantable, il faut revenir immédiatement, suivre le torrent!

– Et l'ours, répliqua Wood, vous l'oubliez? C'est ce qu'il essaie d'obtenir de nous, mais rien à faire, je le pourchasserai jusqu'en enfer s'il le faut!

– D'autant plus, ajouta Mac'Cairn, que les grizzlis ne sont pas des alpinistes. Parvenu au glacier, il lui faudra bien redescendre, et nous serons là pour l'attendre!

Ils firent une courte pause, puis, lâchant les chiens, reprirent la piste entre les rochers.

Pendant ce temps, Lur Hoo avait atteint le bord de la moraine. Avec inquiétude, il observait la masse énorme du glacier qui se dressait devant lui, parsemée de rochers et de séracs. Derrière lui retentissait l'aboiement des chiens, loin encore, mais le son portait haut dans la montagne.

Se lancer dans cet univers glacé eût été folie! Rien n'est plus traître qu'un glacier, et le poids de l'ours augmentait le risque de tomber au fond d'une crevasse ou d'être englouti sous un sérac. Impossible de monter plus haut, mais impossible aussi de rebrousser chemin. Quant à gravir les flancs verglacés et vertigineux de la vallée, il ne fallait même pas y songer.

Non, l'affaire allait se jouer là, au milieu de ces blocs rocheux démesurés, où seule l'adresse et la ruse pouvaient encore lui permettre de se mesurer avec les hommes.

De plus, l'absence de Kam était un lourd handicap. L'aigle gris n'avait pu encore rejoindre son ami perdu dans le brouillard, mais Lur Hoo souhaitait de tout cœur qu'il y parvienne rapidement, car, sans cette présence rassurante, sans ce petit point noir immobile dans le ciel et qui lui avait tant de fois sauvé la vie, l'ours était désemparé.

Un aboiement plus proche, plus clair, lui fit relever la tête, et ses membres se mirent à trembler. Lur Hoo avait peur, mais cette peur lui semblait douce, excitante, presque délicieuse. Voilà la vraie chasse! Dans quelques instants, il allait jouer sa vie avec la puissance et la volonté des hommes.

Alors il se dressa de toute sa taille, poussa

un rugissement terrifiant de colère et de défi, puis s'élança parmi les rochers, où sa silhouette brune se perdit aussitôt.

Tous les chasseurs frémirent en entendant le cri. Les poings se serrèrent sur les armes, et les respirations se firent plus courtes, plus tendues.

– Il est là, dit Wood, il nous attend et cherche la bagarre! Par Dieu, il va être servi, et plus vite qu'il ne croie!

Hobson les fit stopper un instant.

– Mac'Cairn et Forsythe, vous suivez à gauche. Wood et Pitt à droite. Je reste ici avec Lower pour lui couper la retraite. Poussez-le vers le glacier où il sera à découvert, mais surtout, ne prenez pas de risques. Tirez de temps en temps, pour l'affoler et pour connaître nos positions respectives. Bonne chance à tous!

Alors commença un étrange jeu de cache-cache. Les chasseurs contournaient un rocher, puis un autre, et d'autres encore. Les chiens, retenus par les chasseurs, hurlaient à plein poumons, sentant la présence de l'ours à quelques pas devant eux. Des coups de feu partaient de temps à autre, à gauche et à droite, mais l'ours n'en était pas visible pour autant.

Avec une astuce consommée, il s'effaçait devant les hommes, s'arrangeant toujours pour qu'il y ait un obstacle entre lui et les fusils, empêchant les chasseurs de l'enfermer dans leur tenaille, revenant parfois en arrière, sans pour autant risquer de se trouver face à face avec Hobson.

Le jeu se poursuivit ainsi pendant deux longues heures, hallucinant et tragique, sans qu'aucun des adversaires en présence ne se soit au moins une fois rencontré.

Pourtant, petit à petit, les chasseurs réussissaient à réduire la surface du labyrinthe, à pousser l'ours vers le glacier, malgré sa ruse et son habileté décuplées par la crainte. Lorsqu'il jugea s'en être suffisamment rapproché, Hobson décida de lâcher les chiens. Ceux-ci se ruèrent sur la trace de l'ours, et en peu d'instants le rejoignirent.

Lur Hoo se vit perdu! Les chiens indiquaient maintenant sa position aux hommes, tout en restant à distance prudente de ses griffes redoutables, et, dans un court moment, il serait à découvert, virtuellement mort...

Alors, risquant le tout pour le tout, il

emprunta la seule voie qui lui restait ouverte. Écartant les chiens, il s'élança vers le glacier.

Alertés par les aboiements, les chasseurs se précipitèrent à ses trousses :

– Vite, s'écria Hobson, vite, ne le laissez pas s'échapper!

Sans plus tarder, ils furent au pied de la moraine, amoncellement vertigineux de rochers, de plus de cent mètres de hauteur. L'ours en avait déjà gravi les trois quarts, et il s'efforçait d'en atteindre le sommet, sautant de bloc en bloc en des bonds extraordinaires. Moins agiles que lui, les chiens tentaient en vain de le suivre, mais la distance qui les séparait augmentait rapidement.

– Le voilà! cria Pitt, en déchargeant son arme à toute vitesse.

Son tir fut suivi par une salve de coups de feu, mais, à cette distance, il était difficile de toucher l'ours, d'autant que sa couleur se confondait avec celles des rochers, et que ses déplacements imprévus gênaient les chasseurs. Encore quelques mètres, et il aurait disparu derrière l'épaulement de la moraine.

Mac'Cairn, le seul qui n'avait pas encore tiré, leva son arme à son tour, visa soigneusement, et, au moment même où Lur Hoo franchissait le sommet, se détachant sur le ciel clair, appuya sur la gachette.

L'ours parut bloqué dans son élan. Sa silhouette sembla se fondre, s'amenuiser, puis, lentement, comme à regret, le grand corps bascula derrière les rochers.

Le moment de stupeur passé, un hurlement de triomphe retentit dans la vallée. Les chasseurs s'embrassaient, se congratulaient, donnaient de grandes tapes dans le dos de Mac'Cairn, lequel, fou de joie, dansait une gigue effrénée.

– Ce n'est pas tout ça, remarqua Pitt, redevenu, sérieux, il s'agirait d'aller le chercher, maintenant.

– Attention, dit Forsythe, il n'est peut-être que blessé!

– Blessé! ça m'étonnerait, répondit Wood. Avez-vous vu comment il est tombé?

– Avec un ours tel que Lur Hoo, il faut toujours prendre des précautions, leur rappela Hobson. Il peut nous guetter derrière le sommet et se jeter sur le premier d'entre nous. Alors, ayez l'œil, et tirez vite!

– Vous avez raison, John, reprit Mac'Cairn, après tout, je ne lui ai mis qu'une seule balle.

– Mais c'était la bonne, dit Lower, sacré veinard!

Ensemble ils entreprirent de gravir les rochers en évitant de glisser sur les plaques de neige et de verglas. Tout en progressant, ils gardaient devant les yeux l'image de l'ours bondissant sans effort apparent de rocher en rocher, silhouette admirable, foudroyée en plein élan, et qui gisait à présent derrière la barrière de pierres et de glace.

Pourtant, au fur et à mesure de l'ascension, une sourde inquiétude s'emparait de leur esprit. Ce silence soudain de la montagne après la violence des heures précédentes leur paraissait lourd de significations et de menaces. Le ciel s'assombrissait de nouveau, tout comme le visage de Hobson, qui marchait en tête, leur indiquant la voie la plus facile.

– C'est curieux, dit Lower, résumant les pensées de ses camarades, on n'entend pas les chiens!

– Cela prouve que notre ours est bien mort, répondit Wood, le souffle court; s'il était blessé, ils aboieraient à ses trousses.

De rocher en rocher, de saut en saut, entrecoupés de glissades périlleuses, ils parvinrent enfin au sommet de la moraine, et là, un spectacle inoubliable se découvrit à leurs yeux.

A perte de vue s'étendait l'immensité blanche du glacier, bordée par des pentes noires et polies. Le soleil déclinant se reflétait sur les parois multiples des blocs et des séracs, et ses derniers rayons faisaient miroiter les cristaux comme un kaléidoscope gigantesque. Ils étaient arrivés sur la poitrine même de la montagne, et ils sentaient battre son cœur.

Ils virent les crêtes monstrueuses, drapées de blanc, s'étirer comme les cheveux d'une vieille, très vieille dame. Ils virent les pics se dresser autour d'eux comme des doigts aux griffes acérées. Ils virent les plateaux dénudés, les champs de neige encore vierges, le cœur serré devant la beauté de ce spectacle mais, lorsqu'ils abaissèrent leur regard pour contempler la dépouille de leur ennemi vaincu, ils ne la virent point : l'ours avait disparu!

L'instant de stupeur passé, les chasseurs examinèrent soigneusement chaque rocher, chaque creux, chaque faille dans la glace, qui auraient pu dissimuler le corps, mais rien, rien du tout, l'ours s'était volatilisé et les chiens avec lui.

– C'est insensé! dit Forsythe, il doit être là, nous l'avons vu tomber.

– Regardez! s'écria Wood, qui furetait parmi les rochers, il y a du sang ici. Vous l'avez bien touché, Mac. Il est blessé, c'est sûr!

– Mais enfin, dit Lower, il n'a pu se volatiliser comme par enchantement.

– S'il s'était engagé sur la glace, nous le verrions. Et les chiens, que sont-ils devenus?

En réponse à cette question, un faible cri leur parvint, provenant du glacier. Ensemble, ils voulurent s'élancer, mais Hobson, les retint.

– Attention! Ne vous aventurez pas sur la glace. Nous ne sommes pas équipés pour cela, et vous n'avez aucune expérience des glaciers. Je vais y aller seul, et vous me rejoindrez, si cela est possible.

– Prenez garde, John, rien n'est plus traître que cette glace tendre! dit Mac'Cairn.

– Nous ne pouvons abandonner les chiens. Pas de chiens, pas de chasse! Et puis, si Lur Hoo est passé, pourquoi pas moi!

Hobson s'avança prudemment sur le plateau miroitant, sondant la glace devant lui avec la crosse de son fusil. Cinquante mètres plus loin il s'arrêta et leur fit signe de venir.

Ils purent alors distinguer tout au fond d'une crevasse sur le front du glacier, les trois chiens, penauds, transis de froid et de peur, qui hurlaient à la mort. Ils avaient dû essayer de suivre l'ours dans sa tentative suicidaire sur le glacier, mais avaient glissé en sautant au-dessus de la faille et s'étaient trouvés coincés à dix mètres en contrebas. Par bonheur, ils ne semblaient pas blessés, et, les yeux implorants, ils appelaient leurs maîtres avec de petits jappements d'angoisse.

– Vite, dit Hobson, donnez-moi une corde et descendez-moi !

– Vous êtes fou, John ! s'écria Wood, la glace peut se refermer d'un instant à l'autre et vous risquez de rester coincé dans ce trou vous aussi.

– Ne perdons pas de temps, il faut sauver les chiens ! Je vous l'ai déjà dit : pas de chiens, pas de chasse ! Et Flag est le meilleur des chiens !

Rapidement, ils lui attachèrent la corde autour du corps et commencèrent à le laisser filer dans la crevasse en s'arc-boutant de toutes leurs forces sur la paroi glacée.

Mais à peine Hobson eut-il disparu dans la faille que Lower poussa un hurlement :
– Regardez! Regardez! L'ours, Lur Hoo! Là! Là!

Accrochés à la corde, les yeux brillants de terreur, les cinq chasseurs virent à quelque vingt mètres d'eux l'ours sortir du trou dans lequel il s'était tapi, franchir dédaigneusement la crevasse, et, tranquillement, gagner le bord du glacier.

– Mais lâchez-moi, bande d'idiots! hurla Hobson. Qu'est-ce que vous attendez pour lui tirer dessus?

– C'est vous que l'on tuerait, répondit Mac'Cairn. Tenez bon, vous autres!

Dans leur dos retentit le ricanement sauvage qu'ils connaissaient bien. L'ours s'était retourné et observait leurs efforts, presque avec amusement.

Rapidement, ils firent glisser Hobson au fond de la crevasse et s'emparèrent de leurs armes. Hélas! La rafale rageuse se perdit bien au-dessus des oreilles de l'animal, tandis qu'il commençait à dévaler l'amoncellement de rochers.

Comme la veille, les chasseurs juraient et l'invectivaient en courant du mieux qu'ils pouvaient sur le rebord du glacier où il ne purent qu'entrevoir la silhouette de l'ours qui rampait parmi les énormes blocs et disparut définitivement.

Médusés, anéantis, ils demeurèrent tous les cinq en haut de la moraine, le fusil encore fumant, incapables d'exprimer leur stupéfaction, leur colère. Les cris de Hobson les rappelèrent à la réalité.

– Alors! Vous n'allez pas me laisser crever là, comme un rat dans son trou! Pressez-vous, bon sang, et aidez-moi à remonter les chiens!

L'une après l'autre, ils tirèrent les trois pauvres bêtes à moitié gelées, puis halèrent à son tour Hobson hors de la crevasse. Celui-ci était blanc de rage.

– Il vous a roulé une fois de plus, hein! Et pas un qui ne soit capable de tirer correcte-ment un simple coup de fusil! Enfin! Merci quand même de ne pas l'avoir fait!

– Mais, demanda Pitt une fois l'orage calmé, pourquoi ne nous a-t-il pas attaqués pendant que nous tenions la corde?

– Parce qu'alors, vous m'auriez lâché et lui auriez tiré dessus à bout portant. Il a pré-féré attendre que le spectacle soit en cours pour s'éclipser en rigolant!

– Incroyable! murmura Forsythe.

– Ah! Ce n'est pas la chasse au canard! Vous avez affaire à un seigneur, qui entend bien faire respecter ses droits dans ce qu'il considère comme sa propriété. Et pour cela, tout lui est bon!

– Ne vous fâchez pas, John, reprit Wood, Lur Hoo est quand même blessé après tout, ce qui augmente nos chances de l'avoir.

– Nos chances de l'avoir! s'esclaffa Lower, parlons-en! Voilà trois jours que nous lui courons après, pour tout juste réussir à lui coller une balle dans les fesses. A ce compte-là, nous y serons encore la semaine prochaine. Vous aviez raison, Hobson, nous aurions dû nous en tenir à l'autre grizzli!

– Je vous avais prévenus, mais vous vous êtes tous fichu de moi, de mes appréhensions et de mes légendes de montagnard, pas vrai, Wood? Il est encore temps d'arrêter et de regagner la vallée!

– Pas question, dit Wood. Monstre ou pas, j'ai décidé de chasser l'ours, j'irai jusqu'au bout de cette chasse, aussi dure soit-elle!

– Moi je n'en puis plus, gémit Forsythe, c'est fini pour moi!

– Allons, un peu de nerf, lui répondit Lower. Avec sa blessure, notre Lur Hoo ne peut aller bien loin. Il s'affaiblit d'heure en heure et nous l'aurons demain, foi de chasseur!

– Peut-être, peut-être, dit Hobson, mais rappelez-vous la fable!

– Assez de fable pour aujourd'hui, coupa Mac'Cairn. Ce que nous avons vu est suffisamment incroyable comme cela. Songeons plutôt à reprendre des forces pour demain.

En discutant et en maugréant, ils étaient parvenus au bas de la moraine. Le pâle soleil n'éclairait plus que les hauts sommets et la vallée s'assombrissait de minute en minute. L'exaltation de la chasse était tombée depuis longtemps et les effets de l'altitude se faisaient lourdement sentir. Comme des automates, ils montèrent les tentes, avalèrent rapidement un quignon de pain avec un morceau de fromage, puis s'effondrèrent dans leurs sacs de couchage, rompus de froid et de fatigue.

– Demain, oui, demain, murmura Lower avant de sombrer dans un sommeil de plomb.

Le grand silence blanc s'abattit sur l'étroite vallée en même temps que la nuit, simplement troublé par le ruissellement des eaux de fonte, et par le cri espacé d'un hibou, loin, très loin, là où s'arrête la vie de la montagne, et où commence celle des hommes...

4. Le quatrième jour

Lur Hoo s'était enfui vers le bas de la vallée glaciaire. Recru de fatigue et affamé, il commençait à se ressentir de sa blessure. La balle avait pénétré par le bas de la fesse et en était ressortie par le haut, provoquant une de ces fines blessures en séton, sans heureusement toucher aucun nerf ni aucun vaisseau important. Néanmoins, il souffrait beaucoup et la blessure, continuellement rouverte par sa fuite, laissait échapper un filet de sang qui se coagulait lentement le long de sa patte et parsemait la neige de noirs confettis.

Lorsque le soleil disparut derrière les crêtes et que l'obscurité se fut établie, Lur Hoo s'étendit au pied d'un sapin, sur une dalle encore ruisselante d'humidité, et s'endormit aussitôt.

Le petit vent frais du matin, s'insinuant doucement sous ses paupières closes, le réveilla. Le soleil surgissait comme une boule de feu au-dessus du versant et Lur Hoo s'étonna que les chasseurs ne fussent pas encore descendus. Sans doute avaient-ils besoin eux aussi de récupérer, après trois jours de chasse plutôt mouvementée.

Une mauvaise surprise toutefois l'attendait. Sa jambe blessée était comme paralysée, et bien que l'épanchement de sang se fût arrêté durant la nuit, elle refusait tout service immédiat et restait stupidement allongée, comme un morceau de bois.

Il ne fallut pas moins de vingt bonnes minutes d'efforts et de contorsions pour que la belle mécanique de muscles et de nerfs consente enfin à se remettre en route. La douleur restait vive, mais n'empêchait pas l'ours de marcher, ce qui était vital pour lui.

Néanmoins, il avait perdu beaucoup de sang, et ceci, joint au vide de son estomac, lui faisait augurer une journée de chasse particulièrement pénible.

Il but lentement au torrent et plongea même dans l'eau glacée pour s'y ébattre quelques instants. Ce bain fut pour lui une sorte d'exutoire et avec une résolution ponctuée de courage, il s'enfonça dans la vallée, vers les bois de sapins qui recommençaient de cerner la montagne.

Les chasseurs parurent peu de temps après son départ. Les chiens humaient avec délice la large flaque de sang séché, et ceci eut le don de réconforter leurs maîtres, quelque peu éprouvés après leur déconvenue de la veille.

– Ah! Ah! Ce n'est pas aujourd'hui qu'il va courir comme un lapin, constata Lower.

– Il semble bien touché en effet, dit Wood. Je crois que nous avons des chances de reprendre l'avantage.

– Il serait grand temps, répondit Mac'Cairn, qui pensait à la promesse faite à son épouse, car depuis trois jours, c'est plutôt lui qui marque des points.

– Nous sommes à égalité maintenant, remarqua Jérôme Pitt, nous accusons la fatigue, mais lui a du mal à courir!

– Raison de plus pour faire attention, leur rappela Hobson. Il n'y a pas plus dangereux ni plus sournois qu'un grizzli blessé. Surveillez attentivement chaque rocher, chaque bouquet d'arbres, et surtout, ne restez jamais seul. Si la nature vous y oblige, que ce soit toujours en terrain découvert, sinon au vu, du moins au su des autres.

– Mais c'est dégoûtant! s'exclama Pitt.

– Moins que de recevoir sur le dos les quinze cents livres d'un ours en colère. Je ne vous souhaite pas de voir le résultat d'une pareille rencontre. Ce n'est pas seulement répugnant, c'est atroce!

Les chasseurs se remirent en route et parvinrent enfin à l'extrémité de la vallée, au milieu des sapins et des épicéas. Après l'aridité de la haute montagne et la nudité du glacier, ils eurent l'impression de rejoindre la civilisation. D'ailleurs, Hobson retrouva presque immédiatement des points de repère, et s'orienta dès lors avec facilité. On eût dit qu'ils avaient quitté l'enfer pour retourner dans le monde des vivants et le moindre chant d'oiseau, le moindre frémissement dans les branches leur apportaient la joie et l'espoir. L'air, saturé d'odeur de résine et d'herbe tendre, leur procurait des forces neuves. Ils avaient de nouveau le sourire et guettaient le moment où la grande silhouette brune viendrait interrompre la monotonie des sapins, quand, brusquement, ils perdirent la trace!

La petite troupe venait de franchir un fossé rempli d'eau, lorsque deux cents mètres plus loin, au beau milieu d'une petite clairière, les chiens se mirent à tourner en rond, sans savoir quelle direction prendre.

Avec inquiétude, Hobson regardait Flag effectuer des cercles concentriques, de plus en plus larges, autour du point précis où la piste de l'ours s'évanouissait, sans découvrir le moindre signe, la moindre odeur révélatrice.

– Incroyable! s'écria Wood. Il ne s'est tout de même pas volatilisé! Allez, cherche, mon chien, cherche!

Leurs fusils posés sur le sol, les six hommes observaient sans comprendre le manège des chiens. Tout semblait aller le mieux du monde, la piste partait droit au travers de la forêt, sans aucune surprise, lorsque soudain, pfuit..., plus rien; plus d'ours, plus de piste, aucune trace, rien!

Les chiens, énervés, commençaient de courir au hasard. Dans quelques instants, ils auraient complètement brouillé le peu d'indices qui pouvaient subsister. Sagement, Hobson les rappela, prit Flag en laisse et confia les deux autres à Wood et à Lower, leurs maîtres respectifs.

Demandant aux chasseurs de l'attendre, il rebroussa chemin avec Flag, jusqu'à ce que celui-ci perçût à nouveau l'odeur familière de l'ours. Avidement, Flag huma le sol meuble de la forêt, poussa un aboiement clair et, tirant Hobson, se retrouva au milieu des chasseurs, complètement désorienté. Trois fois, Hobson refit l'expérience, obligeant même son chien à s'écarter de la piste, dans l'éventualité d'une ruse de Lur Hoo, mais rien à faire, il revenait toujours au centre de la clairière. Les chasseurs, catastrophés, s'étaient assis en rond, le fusil sur les genoux, incapables de réaliser ce qui s'était produit.

Hobson savait combien les grizzlis sont astucieux et connaissait la plupart de leurs tours. Il avait même vu un ours traqué tenter de passer d'un arbre à un autre par les branches pour égarer les chiens, et il y serait sans doute parvenu si Hobson ne l'avait abattu pendant son numéro d'acrobatie. Mais une piste qui s'arrête toute seule, sans que rien ne laisse présager une quelconque défense, effectuée le plus souvent sous l'effet de la peur et de l'extrême proximité des chasseurs, alors ça, c'était nouveau et méritait réflexion. Peut-être même était-ce l'endroit choisi par l'ours pour obliger les chasseurs à se séparer et livrer bataille dans les meilleures conditions. Il convenait de se montrer extrêmement prudent et surtout de ne pas chercher la piste chacun de son côté. Lur Hoo, tapi aux alentours, n'attendait sans doute que cela pour ajouter une victime à son propre tableau.

Hobson s'assit avec les autres et se mit à réfléchir.

– Voyons. La piste est rectiligne sur tout son parcours dans la forêt. Pas de faux-fuyants, pas de simagrées! Elle file entre les deux rochers là-bas, traverse le fossé près de la vieille souche pourrie, et atterrit dans cette clairière. Pas d'erreurs possibles! Les rochers, le fossé, la clairière! Les rochers? Non! Ils sont trop élevés! Le fossé? Bien sûr, le fossé! Comment ne pas y avoir songé plus tôt! S'il existe un seul endroit par où Lur Hoo a pu s'échapper, ce ne peut être que là! Mais alors, pourquoi n'existe-t-il aucune trace, aucun indice au bord même du fossé? L'ours ne s'était tout de même pas envolé! Envolé? La souche! C'était cela! Quel rusé gaillard!

Hobson se mit à rire soudainement, et les chasseurs, ahuris, se tournèrent vers lui.

– Je ne vois pas ce qu'il y a de drôle! s'écria Wood presque en colère. La piste est perdue, l'ours envolé et la chasse terminée. Excellentes raisons de rire, en effet!

– Vous ne croyez pas si bien dire avec votre ours envolé, s'esclaffa Hobson en se levant. Lur Hoo est vraiment le roi des farceurs!

– Mais enfin, John, expliquez-nous! le pressa Mac'Cairn. Comment a-t-il fait?

– Vous voyez cette vieille souche là-bas, près du fossé? Je vous parie dix dollars contre une paire de lacets que nous retrouvons la trace à quelques mètres de là, dans le fossé même!

– Allons, dit Pitt, nous sommes passés au moins trois fois à cet endroit. Il n'y a aucun indice visible au bord du fossé. Les chiens l'auraient senti!

– Pas si la trace est à cinq mètres de la souche, dit Hobson. Venez voir avec moi!

Ensemble, ils remontèrent au fossé.

– Lur Hoo nous a d'abord entraînés jusqu'à

la clairière, puis il est revenu sur ses pas, juqu'à ce petit fossé. Il est alors grimpé sur cette souche, et d'un bond, est venu atterrir dans le fossé, à plusieurs mètres de la piste initiale, et dans l'eau, ce qui empêchait tout repérage immédiat!

Une bordée de jurons bien sentis s'échappa de la bouche des chasseurs. Une fois à la souche, ils obliquèrent le long du fossé, firent quelques pas au milieu d'un fouillis de ronces desséchées et, à l'endroit même indiqué par Hobson, aperçurent la marque des pattes de l'ours profondément inscrite dans la vase du ruisseau, après un bond de plus de quatre mètres.

– Quand je vous disais qu'il s'était envolé! ricana Hobson.

– Ce n'est pas un ours, c'est le diable! s'exclama Lower.

– Pas du tout, c'est un ange, dit Mac'Cairn. Avec des ailes dans le dos!

– Ni l'un ni l'autre, reprit Pitt en riant, c'est un ours à réaction, voilà tout!

Heureux et soulagés les chasseurs s'élancèrent le long du fossé et ne tardèrent pas à repérer l'endroit par où l'animal s'en était échappé. Les chiens humèrent l'odeur bien connue avec un plaisir évident, et, poussant un aboiement joyeux, reprirent la piste, suivis par les hommes.

Lur Hoo, grâce à cette astuce remarquable, possédait maintenant une bonne heure d'avance. Calmement, il traversait une vaste prairie, tirant quelque peu la jambe, car la blessure s'était légèrement rouverte après l'exploit qu'il venait d'accomplir.

La faim lui tenaillait les entrailles, et il songeait avec délice à de plantureux repas, aux moutons bien gras de la basse vallée, aux jeunes pousses tendres et succulentes que le printemps faisait éclore, au nectar délicieux que les abeilles iraient bientôt butiner sur les fleurs et les fruits, pour le plus grand plaisir des ours, grands et petits. Mais pour le moment, quelques baies, par-ci, par-là, échappées au long hiver et à demi desséchées, étaient tout ce qu'il avait à se mettre sous la dent, aussi son humeur se montrait-elle morose. La chasse devenait pénible, difficile.

Quoique fatigués, les chasseurs se nourrissaient constamment et l'avantage que possédait encore l'ours allait fondre à vue d'œil. Ni lui ni eux n'avaient encore fait de grosse faute; à aucun moment les poursuivants ne s'étaient séparés, jamais l'ours n'avait pu surprendre la vigilance de Hobson et le flair redoutable de Flag.

Pourtant il fallait bien que cette chasse se termine, et Lur Hoo sentait confusément que le terme en approchait lentement, inexorablement.

Qui gagnerait, de l'ours ou des chasseurs ? Seule peut-être la montagne était en mesure de répondre, mais elle garderait le silence jusqu'à la fin, jusqu'au dernier coup de feu ou le dernier coup de patte. Quelle chose merveilleuse que la chasse, la longue, épuisante et imprévisible chasse.

Un battement d'ailes, suivi d'un cri sec, lui fit soudain tourner la tête. Kam, l'aigle gris, son ami de toujours, venait enfin de le rejoindre. Immédiatement les deux êtres entrèrent en communication.
– Eh bien, dit Kam, j'en ai mis du temps à te découvrir ! Où as-tu bien pu aller, hier, dans le brouillard ?
– Je me suis perdu, avoua Lur Hoo, très haut, dans la montagne. J'ai même failli trouver la mort au bas d'un glacier. Regarde, je suis blessé !

– Toujours aussi imprudent, à ce que je vois!

– J'ai faim, dit Lur Hoo.

– Me crois-tu capable de satisfaire ton appétit? Tu n'avais qu'à suivre les chèvres l'autre jour, au lieu de te placer sur le chemin des hommes.

– J'ai faim, reprit Lur Hoo, et les chasseurs sont sur mes talons.

– Alors il va encore falloir que je m'en mêle, dit Kam avec arrogance. Que ferais-tu sans moi?

– J'ai faim, dit Lur Hoo pour la troisième fois.

– Bon! Bon! J'ai attrapé un lièvre blanc tout à l'heure. Viens, et partageons-le!

L'aigle offrit son butin à l'ours qui le dévora en quelques bouchées, sauf la tête rituellement réservée à Kam. C'était peu de chose, mais le fait de sentir son estomac se gonfler de plaisir rendit un peu de force à Lur Hoo. Il lécha avec soin sa plaie, tandis que l'aigle épluchait délicatement la cervelle du lièvre, après avoir gobé les yeux l'un après l'autre, selon la meilleure tradition. Puis les deux amis, l'un volant, l'autre trottinant, reprirent leur chemin en direction de la Montagne aux Écureuils.

Peu de temps après parurent les chasseurs. Ils gagnaient du terrain sur l'ours blessé, et leur ardeur en était décuplées.

Ils se restaurèrent rapidement à l'endroit même où l'ours avait dévoré le lièvre puis repartirent, précédés des chiens, lesquels, sentant le gibier se rapprocher, devenaient de plus en plus nerveux et tentaient d'accélérer l'allure des chasseurs. Mais il ne faut jamais aller trop vite en montagne; ce que l'on gagne d'un côté, on le reperd de l'autre. La fatigue pesait de nouveau dans les jambes et Hobson était contraint de freiner leur élan, pour ne pas qu'ils cèdent brusquement, à bout de souffle.

Pourtant il n'y avait pas de temps à perdre. De lourds nuages noirs remontaient de la vallée et restaient accrochés, comme englués, sur les crêtes enneigées des Rocheuses. D'ici peu, la pluie ou la neige ferait son apparition et retarderait leur course.

Soudain, au sortir d'un bois, au bord d'un vallon encaissé, Hobson s'immobilisa.
– Regardez, dit-il aux chasseurs, là, droit devant vous!

A quelques centaines de mètres d'eux, sur le versant opposé, une masse brune semblait rouler sur la surface glabre des rochers.

– Le voilà enfin! s'écria Wood en armant son fusil.

– Oh! Inutile d'essayer de l'atteindre, dit Mac'Cairn. A cette distance, vous lui caresseriez l'échine tout au plus.

Au bruit, Lur Hoo s'était retourné et contemplait les chasseurs. Les adversaires muets de surprise et de fureur se défiaient face à face.

– Si seulement il y avait une passerelle au-dessus de cette vallée, rugit Lower, tu ne serais pas aussi faraud, mon bonhomme!

– En route, cria Hobson, il faut le gagner de vitesse avant la nuit!

Tous commencèrent à dévaler la pente, tandis que Lur Hoo franchissait le sommet et disparaissait à leur vue.

– Va-t-il nous faire courir longtemps comme cela, gémit Forsythe, pâle et traînant la jambe. Je n'en peux plus!

– Du courage, répondit Hobson. Je sais où il se dirige et je lui réserve un tour à ma façon.

Une fois en bas du vallon, Hobson leur fit signe d'arrêter et leur exposa son plan.

– Nul doute que Lur Hoo cherche à rejoindre son repaire à plusieurs kilomètres au sud. C'est un endroit quasi inexpugnable qu'il faut à tout prix l'empêcher d'atteindre. Pour y accéder, il doit traverser un bois assez grand, connu sous le nom de Bois des Gisants. Or si nous empruntons cette vallée, nous côtoierons ce bois, et nous avons des chances d'y précéder Lur Hoo et de le surprendre.

– D'autant plus sûrement qu'il est gêné par sa blessure, dit Mac'Cairn. Bonne idée, John, nous vous suivons!

Ensemble, ils longèrent le ruisseau pendant vingt bonnes minutes, puis Hobson les fit remonter par un sentier vers une futaie surplombant le vallon.

Avec beaucoup de difficultés, ils se frayèrent un passage parmi les bouleaux et les chênes, franchirent encore un torrent qui dévalait de la montagne avec vigueur, en sautant de pierre en pierre comme des chamois, puis arrivèrent à une vaste étendue plate et herbeuse, au bout de laquelle, comme figée, reprenait la forêt.

– Le Bois des Gisants, dit Hobson, là, en face de nous. Faisons vite!

Très rapidement, ils parcoururent la plaine, faisant crisser l'herbe sèche sous leurs bottes, et, complètement épuisés, parvinrent enfin à l'orée du bois où ils s'affalèrent, comme s'ils avaient atteint la Terre Promise.

– Ne vous laissez pas aller, haleta Hobson, qui respirait avec difficulté après la longue course qu'ils venaient d'accomplir. Le plus dur reste à faire, et nous ne devons pas rater la cible, cette fois-ci. Wood, Lower et Forsythe, restez ici, à trente mètres les uns des autres, pour vous couvrir mutuellement. Lur Hoo doit normalement se diriger vers nous. Vous aurez le temps de le voir venir. Mac'Cairn, Pitt et moi-même allons nous poster à trois cents mètres, dans l'éventualité où il ferait un détour plus haut, par la montagne, pour éviter le bois. Surtout ne vous montrez pas, laissez-le s'approcher suffisamment, mais pas à moins de cinquante mètres, car, même blessé à mort, il risque encore de pouvoir vous charger.

Suivi des chiens et de ses deux compagnons, Hobson s'éloigna en direction de la lisière du bois où il disparut derrière les futaies.

Anxieux, les trois chasseurs postés scrutaient la plaine devant eux, d'où pouvait surgir leur ennemi pour une fois sans méfiance. L'herbe ondulait doucement sous la caresse du vent. Les nuages avaient maintenant recouvert le ciel et les premières gouttes de pluie, mêlées à des flocons de neige, commençaient de tomber. Bientôt, une véritable cataracte s'abattit sur la montagne, assombrissant tout et noyant les lointains.

Immobiles et trempés comme des soupes, les chasseurs écarquillaient les yeux pour tenter d'apercevoir un mouvement quelconque dans le moutonnement des herbes, mais seul le crépitement de la pluie et le miroitement les gouttelettes d'eau captaient leur attention.

Peu à peu, l'orage diminua d'intensité, les rafales s'espacèrent et la visibilité s'accrut.

Lur Hoo s'était tapi sous un rocher, attendant patiemment que les vannes du ciel se referment pour se remettre en route. Une certaine inquiétude montait en lui, sournoisement. La proximité des chasseurs, la vive douleur de sa blessure, la faim, la fatigue, et cette pluie froide qui n'en finissait pas et s'infiltrait dans sa fourrure, tout cela créait une atmosphère de découragement, de désenchantement que l'ours ressentait en une peur soudaine et brutale.

Dès que les gouttes cessèrent de tomber en cascade, Lur Hoo se secoua vigoureusement et reprit sa route, tenaillé par l'angoisse. Une sorte de brume froide semblait surgir de la plaine et restait collée au sol. L'ours avançait dans cette étrange atmosphère, insensible à la pluie qui s'écrasait sur sa pelisse et sur son mufle, dégoûté de la chasse et désireux de rejoindre au plus vite la tiédeur de sa caverne, au plus profond de la Montagne aux Écureuils.

Les chasseurs le virent ainsi apparaître derrière le rideau de pluie fine, roulant dans la plaine comme une boule de fourrure éclaboussante et gigantesque. Une sorte de soulagement s'échappa de leurs poitrines, et la tension qui les avait maintenus figés, gelés sous la pluie, s'évanouit soudain, les libérant de leur immobilité. Ensemble ils épaulèrent leur arme et visèrent leur adversaire qui venait droit sur eux.

Lur Hoo, inconscient du danger, pressé d'atteindre son gîte avant la nuit, approchait de la limite du bois. Soudain, une saute de vent inattendue lui apporta l'odeur terrible, insoutenable, de son ennemi mortel. L'homme était caché là, devant lui, à moins de cent mètres!

Brusquement rappelé à la réalité, Lur Hoo trébucha et fit un écart qui le sauva des deux premières balles, mais pas de la troisième qui, le touchant à l'épaule, déchira le cuir et s'enfonça brutalement dans sa robuste carcasse.

Affolé par la douleur, il voulut revenir en arrière et s'enfuir à travers la plaine, mais déjà les trois autres chasseurs postés à la lisière supérieure surgissaient derrière lui, empêchant toute retraite en terrain découvert. Une seule issue, la dernière ressource, foncer, foncer droit devant soi entre les deux groupes de chasseurs en espérant qu'ils hésiteraient à tirer de peur de se blesser.

Avec un long hurlement, Lur Hoo bondit vers le bois tout proche, évitant de justesse une seconde décharge des trois premiers tireurs.

Surpris par cette décision, les deux groupes de chasseurs eurent un court instant d'hésitation, qui permit à l'ours de gagner une trentaine de mètres vers le bois.

Encore vingt mètres, il devinait Hobson le viser avec soin.

Dix mètres! Il eut le temps de voir la flamme qui sortait de l'arme de Wood, avant d'entendre la déflagration et de sentir la balle s'écraser contre l'os de sa patte, le faisant rouler sur lui-même dans les premiers buissons, et le sauvant sans doute d'une mort certaine, car la balle de Hobson, ajustée en pleine poitrine, ne fit que lui déchirer l'oreille droite en lui frôlant la mâchoire.

Déjà les chiens étaient sur lui! Rendu fou de douleur et de rage, il fila dans le bois, droit devant lui, écrasant les jeunes arbres sous la masse de son corps rougi par le sang.

Trébuchant sur ses pattes blessées, il percevait les hurlements des chasseurs courant derrière lui, sûrs de l'atteindre et de l'achever. Parfois, un des chiens tentait de le ralentir encore, en mordant furieusement ses pattes postérieures, mais l'épaisseur du cuir et de la fourrure était telle qu'il ne ressentait pas la morsure, et le chien, traîné par l'ours, se hâtait de lâcher prise pour ne pas être assommé contre une branche ou un rocher.

Finie! La longue chasse était finie, et lui aussi! Encore quelques instants de course éperdue, et, complètement épuisé, à demi exsangue, il se retournerait contre les chiens avant que les chasseurs n'abrègent ses souffrances d'une balle en plein crâne. Il avait joué et perdu, n'ayant pas su prévoir et déjouer le piège mortel de Hobson, un fameux chasseur, celui-là!

Quelle malchance, tout de même! Sans la pluie, son ami Kam l'aurait accompagné et aurait à coup sûr décelé l'embuscade tendue : mais devant l'orage, Kam avait dû se réfugier à l'abri des arbres, l'abandonnant à la traîtrise des hommes et aux coups meurtriers des fusils.

Kam! Ô Kam! Adieu! Adieu, mon ami, mon frère! Ce soir tu vas retrouver seul l'abri de la Montagne aux Écureuils. Seul, tu devras désormais chercher ta nourriture, et, seul, toujours seul, tu seras condamné à vivre!

A bout de forces, Lur Hoo fit halte enfin à la lisière du Bois des Gisants. Devant lui s'étendait une grande dépression herbeuse parsemée de neige. La pluie avait presque cessé, et les lourds nuages noirs commençaient lentement de s'effilocher sous la caresse humide du vent du soir.

Les chiens, hurlants et déchaînés, l'entouraient de près. Quant aux chasseurs, quelque peu distancés par la course épuisante de l'ours, ils n'allaient pas tarder à surgir du bois.

Autant mourir là, contre sa belle montagne, au milieu de ce domaine merveilleux qu'il connaissait et chérissait tant!

Il leva la tête une dernière fois vers le ciel pour humer l'air avec délice quand, soudain, il aperçut un petit point noir montant et descendant au-dessus de l'épaulement de droite.

Kam! C'était Kam! Mais pourquoi ce manège, ces acrobaties sous le toit de nuages, alors qu'il allait mourir? Peut-être était-ce la manière de l'aigle de lui dire adieu!

Mais non! Dans ce cas, Kam serait resté au fond de la forêt, perché au sommet d'un sapin, drapé dans sa tristesse et sa dignité, et il aurait assisté à son dernier combat sans manifestations incongrues.

Mon Dieu! Le lac! Mais oui, voilà ce que lui indiquait l'oiseau! Le lac, cette vaste étendue d'eau derrière la crête, où se jetait le ruisseau qui descendait de la Montagne aux Écureuils, où si souvent il était venu se baigner par les grandes chaleurs de l'été.

Une chance, une toute petite chance, s'il

parvenait à l'atteindre avant d'être rattrapé par les chasseurs.

Rassemblant ce qui lui restait de force et de courage, il s'élança en trottinant sur trois pattes à travers les herbes, toujours accompagné des chiens, et se mit à gravir le dernier obstacle vers un salut hypothétique.

A peine fut-il parvenu au milieu du versant que les chasseurs jaillirent du bois.

– Là-bas, cria Mac'Cairn, vite, les amis, il est à nous !

– Inutile de tirer, dit Hobson, nous risquerions de blesser les chiens. Laissons-le s'épuiser et abattons-le à courte distance.

– Mais dépêchons-nous quand même, dit Pitt, car la nuit approche !

A demi étouffés par la course folle au travers des taillis, ils se ruèrent derrière l'ours qui, à grand-peine, finissait de grimper l'épaulement.

Devant ses yeux apparut le lac, large d'un kilomètre environ, bordé de grèves de galets roses, et d'un beau vert émeraude qui reflétait l'espace immédiat. Le soir tombant donnait une teinte plus profonde aux crêtes d'alentour et les sapins le long des rives se détachaient sur l'eau calme avec une clarté extraordinaire.

Mais l'heure n'était pas à l'émerveillement! Lur Hoo dévala la pente comme une pierre qui roule, et plongea dans l'eau glacée dans un éclaboussement de gouttelettes vertes.

Bien que surpris, les chiens se jetèrent à l'eau à sa suite, mais ils nageaient beaucoup moins vite que l'ours, même blessé, et la distance entre eux se mit à croître rapidement.

Parvenus en haut de l'épaulement, les chasseurs dégringolèrent la pente en poussant une bordée de jurons.

– Ce n'est pas possible, s'écria Wood, il ne va pas encore nous échapper!

Mais Lur Hoo, à qui l'eau froide semblait avoir donné des forces, avait déjà franchi le quart de la distance qui le séparait de la rive opposée, quand les chasseurs arrivés sur la grève se mirent à tirer sur lui.

La chance qui les avait servis tout au long de l'après-midi tourna soudain, et les balles firent jaillir de nombreux petits geysers tout autour de la tête de l'ours, sans qu'aucune ne le touchât.

Il est toujours difficile de viser avec précision sur une surface plane en montagne, où l'appréciation des distances est toujours trop courte.

Aussi, voyant l'inanité de leurs efforts, Hobson fit-il cesser le tir et rappela les chiens qui regagnèrent la rive, fourbus et tremblants.

Sans un mot, encore abasourdis dans le silence revenu, les chasseurs contemplaient le point minuscule que formait la tête de Lur Hoo au centre de la masse liquide du petit lac, et le long sillage en V renversé qui provenait de cette étrange boule flottante dérivant vers le bord opposé.

Un long moment après, mais qui leur parut très court, ils virent Lur Hoo s'extraire péniblement de l'eau et remonter sur la rive en trébuchant à chaque pas.

Ils s'attendaient à le voir disparaître sous le couvert des sapins, mais, comme au premier jour, l'ours se retourna vers eux et son cri, son ricanement plutôt, leur parvint aux oreilles, bien qu'affaibli par l'éloignement et l'essoufflement de l'animal.

De même que la fois précédente, ils se mirent à gesticuler et à hurler, lui montrant le poing, le défiant de toute leur haine, tirant même sur lui d'un bord à l'autre, mais autant vouloir viser un moustique avec un lance-pierres.

L'ours, à nouveau, les défia de toute sa rage, et son ricanement répété par l'écho leur vrilla les nerfs, les pétrifiant dans une position grotesque de mannequins.

Puis, sur trois pattes, Lur Hoo trottina un instant le long de la rive avant de disparaître sous les arbres.

Le silence leur rendit l'esprit et le mouvement. Comme des automates, ils se regardèrent et des larmes de rage et de fatigue coulèrent sur leurs visages sales.

– C'est bon, dit Mac'Cairn, d'une voix basse, j'ai compris! Demain, je rentre chez moi, et jamais plus je ne chasserai l'ours.

Tous hochèrent la tête en signe d'acquiescement.

Curieusement, ce fut Hobson qui ranima leur courage en les prenant par où ils se sentaient le plus honteux, leur amour-propre.

– Et vous rentrerez demain chez vous pour raconter qu'un ours blessé, à demi abattu, s'est fiché de vous comme il n'est pas permis de le faire, et que vous l'avez laissé filer comme des couards!

— Avons-nous encore une chance de le retrouver demain? demanda Wood, les yeux durcis de colère, et que va-t-il encore nous mijoter, ce maudit animal!

— Reposons-nous d'abord, dit Hobson, et je vous donne ma parole que demain, une heure après avoir quitté ce lieu, nous serons derrière son dos. Avec un peu de chance, dans l'état où il est, nous lui tomberons dessus avant que le soleil n'ait passé midi.

— Dieu vous entende, dit Pitt, car je suis au bout du rouleau, et j'avoue que cet ours me fait peur.

— Allons! Allons! Camarade! dit Lower. Extraordinaire ou pas, nous lui avons quand même collé du plomb dans l'aile aujourd'hui, et peut-être demain ne restera-t-il de lui que ce dont les renards ou les lynx n'auront pas voulu!

— J'espère bien que non! s'écria Wood. C'est sa peau tout entière que je veux, pas des lambeaux!

— Alors au travail, rappela Hobson. Forsythe et Pitt, essuyez les chiens et donnez-leur à manger! Wood, qui est un spécialiste, va nous allumer un bon et grand feu pour nous remettre d'aplomb. Que les autres montent les tentes et sortent les couvertures!

Ils mangèrent calmement, en silence, tandis que de longues flammes claires s'élevaient en crépitant des lourds branchages de résineux arrachés par le vent.

– Je souhaite que Lur Hoo voit ces flammes, dit Lower, qu'il sente la fumée qui s'en dégage. Alors il comprendra notre résolution d'en finir et que c'est la dernière nuit qu'il passe dans le monde des vivants!

– Amen, dit Hobson, et dormez bien!

Longtemps, le feu se maintint auprès du petit lac, mais les dormeurs n'en avaient cure; leurs rêves les portaient déjà sur l'autre rive où leur ennemi triomphant, mais couvert de blessures, n'avait sans doute pas, comme eux, obtenu la même joie de pouvoir se fondre dans un sommeil confiant et réparateur.

5. Le cinquième jour

Une partie de la nuit, Lur Hoo avait léché ses plaies en gémissant de douleur. A force de passer sa langue épaisse et rugueuse sur la blessure de sa jambe, il était parvenu, non sans mal, à extraire la balle ainsi que les petites esquilles d'os que celle-ci avait arrachées. En revanche, il conserverait pour le reste de ses jours, ou pour le jour qui restait, la première balle de Lower, qui, pénétrant par l'épaule, s'était glissée sous une côte, sans dommage pour le poumon. La blessure eût alors été mortelle.

Contrairement à la plaie de sa jambe, elle ne le gênait pas pour courir, sauf lorsqu'il faisait un effort brutal, mais une douleur diffuse se répandait dans sa chair tout au long de son échine.

La plaie ouverte de sa jambe était infiniment plus grave. Celle-ci ne réagissait pratiquement plus et l'obligeait à marcher sur trois pattes, comme un vulgaire chien boiteux. Or, pour Lur Hoo, le mouvement était le seul moyen de défense; immobilisé, ou même ralenti, il devenait une proie facile pour les chasseurs. De plus, il avait perdu beaucoup de sang et cette effusion, jointe à la souffrance et la faim, lui faisait mal augurer des heures à venir.

Épuisé, il s'effondra enfin dans le sommeil, un lourd sommeil peuplé de spasmes et de tremblements nerveux, mais qui lui permit néanmoins de reprendre un peu de forces.

Le jour se leva dans un fin brouillard, une humidité dense s'élevait du sol imprégné d'eau sans parvenir à monter vers le ciel, un jour triste et sale, amollissant les âmes et les corps.

Lur Hoo eut beaucoup de peine à se mettre debout. Comme le matin précédent, il lui fallut un long moment pour que les muscles endoloris consentent à reprendre du service, mais sa jambe gauche restait inutilisable. Dès qu'il tentait de la poser sur le sol, une douleur insoutenable irradiait jusqu'à l'épaule et le faisait trébucher.

Trottinant sur ses trois membres valides, dont l'un était encore douloureux de la première blessure reçue sur le glacier, il descendit lentement vers la vallée. Inutile de songer à gagner son repaire, car la première idée de Hobson serait de contourner le lac par le haut, afin de lui couper la route de la Montagne aux Écureuils. Au contraire, cette tactique obligerait les chasseurs à parcourir un plus long chemin pour retrouver sa piste, et c'était une bonne heure de gagnée sur ses poursuivants.

Hâves, sales et débraillés, avec une barbe de trois jours qui rendait leurs visages inexpressifs, ceux-ci n'avaient pas belle allure dans le brouillard du petit matin. Traînant la jambe, maugréant sous la charge pourtant bien allégée après quatre jours de chasse, ils glissaient comme des fantômes le long de la rive du lac. Le choc n'en fut que plus dur, quand, après avoir franchi le ruisseau qui conduisait à la tanière de l'ours, ils durent convenir qu'ils avaient fait fausse route, ce qui signifiait plusieurs heures supplémentaires de poursuite.

– Nous n'en finirons jamais, gémissaient Pitt et Forsythe.

– Allons, encore un peu de courage! cria Wood : Lur Hoo n'est pas mieux loti que nous, et si nous tenons le coup, il est à nous!

– Voilà quatre jours qu'il est à nous, grogna Mac'Cairn, mais il court toujours, et nous aussi. Quant à ce qui m'attend à mon retour, j'aime mieux ne pas y penser!

– Bah! Ce ne sera pas pire que ce que nous subissons actuellement, dit Lower avec un rire forcé.

– On voit bien que vous ne connaissez pas ma femme, répondit Mac'Cairn.

Cette réplique eut le don de faire sourire les chasseurs, et détendit quelque peu les visages angoissés.

Après deux heures de marche extrêmement pénibles, les chiens croisèrent enfin la piste de Lur Hoo. Une large flaque de sang marquait l'endroit où celui-ci avait dormi.

– Il boite, remarqua tout de suite Hobson, il marche sur trois pattes. Dans une heure, nous l'aurons rattrapé. Encore un petit

effort et peut-être ferez-vous mentir le proverbe!

Avec rage, ils reprirent le chemin qui
menait à la vallée.

Pendant ce temps, Lur Hoo avait gagné
les hauts pâturages. Toujours trottinant, il
longeait la lisière de la forêt.

De temps en temps, pour apaiser la faim
qui lui serrait les entrailles, il mangeait les
jeunes pousses d'herbe tendre qui surgissaient de terre en ce début de printemps.
C'était peu, bien sûr, mais cela calma quelque peu son estomac et amoindrit ses souffrances.

Il s'arrêtait parfois pour établir quelques
fausses pistes, afin de retarder les chasseurs
et lui permettre de durer, de durer le plus
longtemps possible, car à ce stade, la chasse
n'était plus qu'une simple épreuve d'endurance, où le plus résistant gagnerait la partie.

Il était mal en point, aucun doute là-
dessus, mais les chasseurs devaient égale-
ment se ressentir de quatre jours de chasse
en altitude. Les jeunes surtout, peu habitués
à ce genre d'exercice, pourraient commen-
cer de lâcher pied. Alors, peut-être... Qui

sait! La longue traque arriverait à son terme, dans un sens ou dans l'autre.

Les événements semblaient d'ailleurs lui donner raison, car, derrière lui, l'allure des hommes avait considérablement faibli. Sans cesse, Hobson était obligé de ramener les traînards, ce qui provoquait la colère de Wood ou de Lower, lesquels, plus ardents et mieux entraînés, ne pouvaient supporter le moindre retard dans le déroulement de la chasse.

Petit à petit, l'écart se stabilisait au bénéfice de Lur Hoo, et l'issue de la poursuite demeurait douteuse, lorsqu'un incident, brutal et imprévu, vint tout remettre en question.

Recru de fatigue, les yeux à demi fermés, tel un somnambule, Lur Hoo fuyait toujours, suivant sans réfléchir le rebord supérieur de la vallée. Soudain, au détour d'un bois, un grognement impérieux le fit stopper net, le ramenant du même coup à la réalité des choses.

Devant lui, les yeux luisants de colère, ramassé sur lui-même comme une boule de fourrure brune, un autre grizzli, d'une taille estimable, grognait de rage et de défi.

Lur Hoo comprit immédiatement son erreur. Son instinct, amoindri par la fatigue et les privations, l'avait conduit sur le territoire d'un congénère, ce qui, dans le code sévère des grizzlis, comme de beaucoup d'autres animaux, est pris pour une injure grave infligée au propriétaire des lieux et demande réparation immédiate.

Chaque grizzli possède en effet un territoire extrêmement précis, où il a seul le droit de haute et basse justice. Si quelque intrus en franchit les limites, il doit en être expulsé, ou accepter de livrer bataille, le vainqueur héritant du territoire contesté.

Du fait de sa taille et de sa puissance, le territoire de Lur Hoo était fort vaste, mais étendu surtout vers la haute montagne; en revanche, il savait que certains grizzlis s'étaient établis au bord de la vallée, en des lieux plus commodes pour la recherche de la nourriture, mais combien plus dangereux du fait de la proximité des hommes. Il avait fallu qu'un hasard malheureux le conduisît en plein sur le domaine d'un de ces « jeunes seigneurs » qui considérait maintenant cet affront comme un crime de lèse-majesté!

En temps normal, Lur Hoo eût rebroussé

chemin. Il n'aimait pas se battre lorsque la situation ne l'exigeait pas, ni surtout lorsqu'il était dans son tort. Mais aujourd'hui, toute retraite représentait une perte de temps, et le conduisait droit sur ses poursuivants.

Quant à livrer bataille dans l'état d'épuisement où il se trouvait, cela semblait hors de question. Bien que plus jeune et moins massif que lui, son adversaire paraissait de taille à faire respecter ses droits.

D'ailleurs, il ne laissa pas le temps à Lur Hoo de choisir une solution. Avec un hurlement de rage, il se précipita sur lui et le heurta au poitrail, de toute sa puissance déchaînée. Sous le choc, malgré ses quinze cents livres, Lur Hoo roula en arrière et retomba sur sa patte blessée, pendant que son adversaire se préparait pour un nouvel assaut.

Sous la souffrance et la colère, Lur Hoo vit rouge à son tour. Ses muscles se crispèrent dans l'attente du contact à venir, ses yeux se mirent à luire avec une fixité mauvaise, son échine se courba comme un arc qui se tend et une bave jaunâtre englua ses redoutables mâchoires.

Avec un grognement de défi, les deux

masses se jetèrent à nouveau l'une contre l'autre dans un fracas épouvantable.

D'abord, Lur Hoo eut l'avantage. Par sa puissance et son poids, il parvint à faire reculer son adversaire, lui infligeant de cruelles blessures au flanc avec sa patte valide. Mais, petit à petit, il se sentit faiblir. La faim et le sang perdu le privaient de sa résistance habituelle, et lentement, comme à regret, il commença à céder du terrain sous la violence des coups de son jeune adversaire, qui, sentant le triomphe à sa portée, redoubla d'acharnement, prenant pour cible le membre blessé.

Lur Hoo comprit qu'il s'agissait d'une lutte à mort. Amoindri par la fatigue, même s'il voulait fuir, son adversaire aurait tôt fait de le rejoindre et de l'achever.

Mourir sous les coups d'un ours, après avoir échappé si longtemps à ceux des hommes, cela lui sembla particulièrement injuste et raviva un peu sa colère.

Une idée lui vint, une ultime ruse qui le sauverait ou le laisserait pantelant sous les mâchoires du jeune grizzli.

Il réussit à se dégager et, comme épuisé, se coucha sur le côté, les yeux révulsés, les pattes griffant l'herbe dans un mouvement spasmodique de mourant.

Avec un hurlement de joie et de triomphe, le jeune grizzli se dressa de toute sa taille, couvrant d'insultes son adversaire malheureux, puis, sans méfiance, se pencha sur lui pour lui trancher la gorge.

C'était l'instant que Lur Hoo attendait! Avec une souplesse étonnante, il saisit le vainqueur entre ses quatre pattes, le retourna comme une crêpe et, le maintenant sur le dos, l'écrasa sous son énorme masse. Surpris, le jeune grizzli ne put se soustraire à l'étreinte.

Maintenant Lur Hoo bénéficiait de l'avantage de son poids et malgré toute sa vigueur, son adversaire était dans l'incapacité de se libérer. Les pattes aux griffes acérées lui labouraient les flancs, mais rien ne pouvait plus arrêter Lur Hoo.

Lentement, les longues canines cherchèrent les carotides aux pulsations accélérées par la peur, les saisirent dans leur étau mortel, et les tranchèrent net.

Un flot de sang inonda la tête et la poitrine de Lur Hoo. Un long frisson parcourut le corps du jeune grizzli et les membres griffus qui s'incrustaient dans sa chair retombèrent doucement dans l'herbe fine et ne bougèrent plus.

Un long moment Lur Hoo demeura allongé sur le corps immobile, léchant le sang qui s'échappait de l'affreuse blessure, s'imprégnant de la vie de son ennemi mort.

Avec une extrême lenteur, il se releva, considéra le cadavre avec des yeux remplis de haine et de mépris, puis, se dressant à son tour de toute sa hauteur, fit retentir son hurlement tragique de triomphe et de gloire.

Tout ce qui bougeait et vivait dans la montagne s'immobilisa et se tut.

Dans la vallée, des paysans se signèrent en hâte, mais parmi les crêtes tous les animaux vivants surent qu'un géant venait de mourir, qu'une vie venait d'être retirée contre une autre vie, et Kam lui-même, qui avait assisté impassible au combat du haut d'un sapin, frissonna de toutes ses plumes grises.

Lur Hoo s'appuya doucement sur sa patte valide, et, paraissant avoir brusquement perdu toute puissance et toute énergie, se traîna vers un ruisseau proche pour se laver dans l'eau claire, la teintant de longs filets rouges, avant de s'enfoncer en titubant dans la forêt, en direction de la montagne.

Les chasseurs aussi entendirent le grand cri de Lur Hoo, et ce hurlement sinistre et triomphal à la fois fouetta leur haine et leur courage. Dix minutes plus tard, les chiens, parvenus sur le lieu du combat, se mirent à tourner autour du cadavre sanglant du jeune grizzli, en poussant de petits jappements tristes.

– Qu'est-ce qu'il y a? s'affola Forsythe. Pourquoi ces gémissements?

– Dépêchez-vous et vous le verrez bien, répliqua Wood.

En quelques instants ils furent sur les lieux du drame. A leurs pieds gisait une forme grise parsemée de taches rouges et encore fumantes, que les chiens flairaient avec inquiétude.

– Mais ce n'est pas Lur Hoo, s'exclama Pitt, ce ne peut pas être lui! Que s'est-il donc passé?

– Il vient de tuer, répondit Hobson d'une voix grave, et la lutte a dû être terrible pour lui! Sans doute avait-il franchi sans le savoir les limites de son territoire. Même grièvement blessé, il a vaincu un adversaire en pleine santé. Quelle force et quel courage extraordinaires!

Immobiles, les six hommes contemplaient la dernière victime de l'ours, et leurs mines soucieuses, la fixité de leurs regards, reflétaient le désarroi de leurs pensées, en même temps que leur résignation.

– Que fait-on maintenant, John? demanda Mac'Cairn après un long silence.

Le vieux guide dévisagea ses compagnons de chasse. La terreur se lisait dans les yeux de Forsythe, la haine dans ceux de Wood et de Lower, le découragement dans ceux de Pitt et de Mac'Cairn.

– Il y a deux solutions, répondit-il avec lenteur. Ou nous abandonnons cette dépouille et nous avons la quasi-certitude de rattraper Lur Hoo avant la nuit. Ou bien nous nous contentons de cette peau, et regagnons la vallée dès demain matin.

– Et permettre à Lur Hoo de s'échapper? Jamais! s'écrièrent ensemble Wood et Lower.

– Mais je n'en puis plus! gémit Forsythe. Je ne pourrai vous suivre et ne ferai que vous retarder.

– Contentons-nous de ce que nous avons,

dit Pitt. Entre un trophée aléatoire et une dépouille certaine, il n'y a plus à hésiter. D'ailleurs, je suis comme Forsythe, je ne peux plus marcher!

– Non, c'est la peau de Lur Hoo que je veux! hurla Lower. Dussé-je passer encore la nuit dans la montagne, je l'aurai, ou ce sera lui qui m'aura, j'en fais le serment.

– Nous sommes allés trop loin à présent, reprit Wood, nous ne pouvons revenir en arrière. Il nous faut cet ours, Hobson, entendez-vous! Il me le faut!

Mac'Cairn, resté jusque-là silencieux, prit la parole à son tour, sans lever les yeux.

– Il y a bien une troisième solution. Séparons-nous en deux groupes. Vous, Hobson, partez en avant avec Wood et Lower, tandis que je reste ici avec Pitt et Forsythe pour dépouiller ce grizzli. Nous vous rejoindrons avant la nuit, et peut-être aurez-vous la chance de pouvoir en faire autant pour Lur Hoo.

– C'est dangereux, dit doucement Hobson. Vous connaissez mal la région et vous risquez de vous perdre.

– Nous garderons Flag, il aura tôt fait de vous retrouver.

Le vieux guide prit son temps pour répondre. Se priver de Flag, c'était se priver d'une partie de lui-même, d'un chasseur d'ours adroit et courageux. Mais dans l'état où était Lur Hoo, la présence de Flag n'était sans doute pas nécessaire, et les deux autres chiens devaient pouvoir suivre la piste sans difficulté. D'autre part, les traînards éliminés, la poursuite avait des chances d'être brève, Wood, Lower et lui-même ayant encore assez de ressources pour traquer un ours exténué.

– D'accord, dit-il! Mais faites vite, et rejoignez-nous au plus tôt, avant la tombée de la nuit.

Rapidement, ils mangèrent un bout de viande séchée, accompagné d'un morceau de fromage à demi moisi que Pitt avait déniché dans le fond de son sac. Depuis longtemps, pain, biscottes et chocolat avaient disparu de l'ordinaire. Seule l'eau des ruisseaux environnants ne leur manquait pas.

Abandonnant alors leurs compagnons à leur macabre besogne, les trois hommes valides s'élancèrent sur la piste de l'ours et s'enfoncèrent sous les arbres, tandis que Flag, soigneusement attaché près de Mac'Cairn, gémissait à fendre l'âme.

Épuisé, haletant, les flancs couverts de sang, Lur Hoo poussait vers la montagne, espérant gagner un peu de temps sur les hommes et tenir jusqu'à la nuit, la nuit salvatrice où la trève s'instaure entre chasseurs et chassé, où les forces reviennent dans les corps fourbus, où la nature semble prendre conscience du drame des êtres vivants et leur donne la joie de rêves merveilleux.

– Ils ne sont plus que trois, transmit Kam au cours d'une courte halte, et le Grand Chasseur n'a pas pris son chien.

« Enfin, pensa Lur Hoo, eux aussi commencent à lâcher prise! »

Et cette bonne nouvelle gonfla son cœur d'espoir et lui permit d'avancer de nouveau, plus haut, encore plus haut dans la montagne.

De lourds nuages noirs avaient surgi par-delà les sommets, générateurs de neige, et des flocons encore espacés se frayaient un chemin parmi les branches des sapins, recouvrant le sol d'une légère pellicule blanche sur laquelle l'empreinte de ses énormes pattes se lisait à vue.

Derrière lui, suant et ahanant, les trois chasseurs suivaient la trace inscrite sur le sol, se rapprochant rapidement. Les chiens, sentant de nouveau la présence de leur ennemi, tiraient sur les laisses, entraînant les hommes. Bientôt Lur Hoo put entendre leurs jappements excités et il comprit que c'était la fin, qu'il ne pourrait jamais distancer de nouveau les chasseurs avant que la nuit ne tombe, et que, dans un quart d'heure tout au plus, il allait être contraint de livrer son dernier combat, un combat inégal entre un ours exsangue, et trois excellents fusils, qui tous, déjà, avaient meurtri sa chair.

Son seul espoir était de provoquer l'éclatement du petit groupe et d'arriver à proximité d'un seul chasseur. Homme contre ours, à faible distance, si la première balle ne le couchait pas raide mort, il avait l'avantage de sa masse, et avant que les autres n'interviennent, parviendrait peut-être à abattre son adversaire. Mais Hobson était bien trop avisé pour tenter pareille imprudence. Hélas, Lur Hoo n'avait plus le choix!

Il atteignit un torrent assez large que surplombait un énorme amoncellement de rochers.

Derrière Lur Hoo s'étendait la forêt, où

les cris des chiens se faisaient de plus en plus vigoureux.

Remontant pendant quelques instants le torrent, il bondit vers les rochers où il grimpa d'une trentaine de mètres, puis revenant sur ses pas, redescendit dans l'eau claire, et courut se terrer derrière la souche d'un immense sapin abattu par la tempête. Selon lui, Hobson ne tarderait pas à trouver la fausse piste. Rebroussant chemin, peut-être les chasseurs se sépareraient-ils de chaque côté du torrent, permettant à Lur Hoo d'attaquer l'un d'entre eux, avant que les autres ne puissent intervenir.

C'était affreusement risqué, il n'avait pas une chance sur mille de s'en sortir! Tant pis, l'heure n'était plus aux réflexions! La longue et belle chasse touchait à sa fin, et s'il existait un dieu des Ours, peut-être lui accorderait-il l'ultime joie de ne pas mourir seul.

Un plongeon de Kam au ras des rochers l'avertit de l'arrivée des chasseurs. Les trois hommes passèrent à quelques mètres de lui, sans que les chiens, le nez collé au sol, ne flairent sa présence. Ils pénétrèrent dans le torrent, le fusil à la main, guettant prudemment le moindre mouvement parmi les rochers qui s'élevaient devant eux.

– Halte! cria Hobson. Lur Hoo est là, je le sais! quelque part autour de nous. Restons ensemble! Et si quelque chose bouge dans les rochers, tirez d'abord, on verra ensuite!

Lur Hoo se vit perdu! Lorsqu'ils reviendraient vers lui, il aurait à affronter les trois fusils groupés, autant dire la mort. Tapi derrière son arbre, il banda ses muscles et se prépara pour un dernier assaut.

C'est alors que Hobson commit une erreur, la première depuis cinq jours, mais de taille. Découvrant la fausse piste de l'ours au bord du torrent, il crut que Lur Hoo était caché parmi les rochers, surveillant l'approche des chasseurs. Les deux chiens, moins expérimentés que Flag qui aurait sans doute soupçonné le piège, ne pouvant lui être d'aucun secours sur ce terrain instable et glissant, le guide et ses compagnons entreprirent une ascension prudente, regardant derrière chaque rocher, jurant et soufflant à la fois dans l'air raréfié de la montagne.

Lur Hoo n'en croyait pas ses yeux! Assis

au bord du torrent, il observait avec une infinie surprise les chasseurs progressant mètre par mètre, le doigt sur la gâchette et l'œil aux aguets, jusqu'en haut de l'immense éboulis.

Parvenus au sommet, les trois hommes se dévisagèrent, hagards, les poumons en feu, les yeux ruisselants de larmes.

– Mais enfin, où est-il passé? rugit Wood.

– Il est là, je sais qu'il est là et qu'il tremble de trouille! bougonna Hobson.

Une sorte d'immense éclat de rire venant du torrent les fit se retourner d'un bloc. A leurs pieds, pour ainsi dire, Lur Hoo, dressé de toute sa taille, lançait son hurlement sarcastique, dont ils perçurent toute la moquerie et l'ironie qu'un ours est capable d'exprimer aux hommes.

Avec des cris de rage et de haine, les trois hommes épaulèrent et firent feu aussitôt, mais, exténués par leur rude montée, ils ne purent diriger leur tir avec précision. Les balles ricochèrent autour de l'animal comme des grains de sable dérisoires. D'ailleurs, ils n'eurent pas le temps de renouveler leur geste. Lur Hoo disparaissait déjà sous le couvert des sapins, où seul son rire insupportable leur parvint aux oreilles.

130

Lower et Wood se jetèrent en avant et dégringolèrent la pente comme des fous, hurlant des insultes contre leur ennemi invisible.

– Arrêtez! leur cria Hobson qui avait entrepris une descente prudente. Arrêtez bon sang! Vous allez vous tuer!

Inconscients, les deux chasseurs sautaient de roche en roche, glissaient sur les dalles verglacées, insensibles aux multiples contusions provoquées par les chocs contre les masses de granit. Mais les hommes ne sont pas des bouquetins, et ce qui devait se produire arriva! Sur une nouvelle glissade, plus importante encore que les autres, on vit Wood s'affaler, se tenant la jambe et hurlant de douleur.

Du coup, Lower s'arrêta net, et semblant reprendre conscience, remonta près de son camarade que Hobson parvenait à rejoindre au prix de mille difficultés.

– Qu'est-ce qu'il y a, s'enquit-il immédiatement, que lui est-il arrivé?

– Il y a qu'à vouloir jouer les clowns acrobates, il s'est foulé la cheville, et de belle manière! Sans compter une estafilade au bras et un hématome comme le poing à l'épaule. C'est au cirque que vous devriez chasser l'ours, pas dans la montagne! A-t-on jamais vu pareils fous?

– Excusez-nous, John, marmonna Wood, les dents serrées et les yeux agrandis par l'effort qu'il faisait pour ne pas crier de souffrance, nous ne savions plus ce que nous faisions! Ah, la chasse est bien finie, maintenant!

– Encore heureux si elle se termine de cette façon, rugit le guide. Je vous avais prévenus au départ qu'elle serait dure et que la moindre erreur de part et d'autre serait sanctionnée. Son cri n'avait pas d'autre but que de vous mettre les nerfs à bout, de vous faire perdre la boussole. Il a réussi et il a gagné! Bien joué! Tâchez maintenant de vous mettre debout que l'on puisse vous descendre, Lower et moi.

Celui-ci, les mains crispées sur son fusil inutile, la bouche ouverte et les yeux demi-fous, contemplait le spectacle de son cama-rade qui geignait de douleur en prenant appui sur Hobson pour se redresser.

Soudain, au lieu de lui venir en aide, il fit demi-tour et recommença à dévaler la pente comme un automate, accompagné des chiens.

– Qu'est-ce qui lui prend? s'étonna Hobson. Lower, remontez ici tout de suite, c'est un ordre!

Lower continua, sans même tourner la tête.

– Manquait plus que ça! rugit Hobson. Lower, vous n'avez aucune chance tout seul, surtout contre un ours blessé! Revenez immédiatement! De toute façon, il est trop tard!

Peine perdue. Le chasseur demeurant sourd aux appels du vieux guide franchissait déjà le torrent au bas des rochers.

Avec un haussement d'épaules, Hobson saisit son arme, l'arma d'un coup sec, et la pointa vers Lower, visant bas les jambes.

– Non, John, pas cela! hurla Wood, en s'agrippant au fusil.

– Mais il va se faire tuer! cria le guide, laissez-moi faire, bon Dieu!

– Non, reprit Wood, c'est « notre » chance à tous qu'il défend! Laissez-le, John, je vous en supplie.

Hobson arracha son arme des mains de Wood, s'écarta de quelques pas et reprit son appui. Trop tard! Lower pénétrait avec les chiens sous le couvert des sapins, droit sur la piste de Lur Hoo.

Lentement Hobson abaissa son arme, la

désarma et la reprit à l'épaule, sans que ses yeux eussent quitté un seul instant le point minuscule où Lower avait disparu. Deux larmes coulèrent le long de son visage buriné et se perdirent dans sa barbe. Alors, se tournant vers Wood, sans même oser le regarder :

– Descendons maintenant, dit-il. Il ne reste plus qu'à attendre les autres.

Un pâle sourire détendit le visage torturé de son compagnon.

– Il l'aura, souffla-t-il, je suis sûr qu'il l'aura! Il ne peut plus nous échapper!

– Dieu vous entende, murmura le guide, sinon nous serons tous les deux coupables!

6. La dernière heure

Du haut d'un éperon, à quelque distance, Lur Hoo avait assisté à la mésaventure de Wood et aux efforts de Hobson pour retenir son compagnon. Avec un rictus, il vit Lower et les deux chiens descendre les rochers, franchir le ruisseau et s'enfoncer parmi les sapins couverts d'une carapace blanche.

Enfin! Le grand moment était arrivé! La longue chasse touchait à son terme, loyalement, homme contre ours, chasseur contre chasseur. Par sa ruse et son endurance, il avait réussi à disjoindre l'unité de ses poursuivants. Malgré ses blessures et l'acharnement des hommes, il pouvait encore se battre, et, qui sait, peut-être gagner!

Lower avançait sur la piste fraîche, profondément inscrite sur la couche de neige vierge. Les chiens, inquiets de ne pas voir d'autres chasseurs, se tenaient à peu de distance devant lui, humant la piste et se retournant souvent, semblant guetter un signal de l'homme pour s'élancer de nouveau en avant. Maintenant qu'il se trouvait seul dans la forêt, Lower prenait peu à peu conscience de la folie de son projet, mais la haine qui étreignait son cœur le poussait toujours plus avant. Il lui fallait la mort de Lur Hoo! C'était sa délivrance.

Il ne pourrait plus vivre avec l'idée d'avoir été battu, ridiculisé par un ours, un animal courageux et rusé, certes, mais ne possédant aucune des facultés qui font la puissance et l'orgueil de l'homme.

La trace de l'ours boiteux continuait de se dérouler devant lui, montant toujours plus haut dans la forêt, sombre et blanche à la fois.

Une fois redescendus avec beaucoup de difficultés, Hobson et Wood n'eurent heureusement que peu de temps à attendre la venue des trois autres chasseurs.

Ceux-ci parurent enfin, Mac'Cairn portant fièrement sur ses épaules la dépouille du jeune grizzli, heureux et réconfortés après s'être libérés de la contrainte épuisante de la poursuite.

Le récit et l'émoi du vieux guide leur fit l'effet d'une douche froide et mit un terme à leur insouciance et à leur joie.

– Nous ne pouvons le laisser seul contre Lur Hoo! s'écria Mac'Cairn. Rattrapons-le, il est peut-être encore temps!

– Appelons-le tous ensemble, dit Pitt. Peut-être que nos cris le feront revenir sur son projet.

Pâle comme la mort, Forsythe regardait fixement la forêt et ses lèvres murmuraient une longue prière.

Hâtivement, ils allumèrent un feu pour l'infortuné Wood, qui, renfrogné, mâchait sa colère, se délestèrent de leurs sacs, ne gardant que leurs fusils, puis s'élancèrent à leur tour sur la piste, appelant Lower de toutes leurs forces, et le suppliant de faire demi-tour.

Lur Hoo entendait leurs cris se répercuter parmi les arbres, et il sut qu'il fallait se dépêcher, avant que les chasseurs ne parviennent à rejoindre son poursuivant.

De lourds nuages noirs glissaient silencieusement au ras des sapins, assombrissant le ciel et donnant à la forêt un aspect étrange et troublant. La montagne se taisait, comme fascinée, dans l'expectative d'événements tragiques. Pas le moindre cri, le moindre bruissement sous les arbres immobiles dans l'air glacé. Seul le ululement lointain d'une chouette s'unissant de temps à autre aux cris assourdis des chasseurs parvenait à meubler quelque peu le vide captivant de cet univers enneigé.

Lower marchait, penché sur la trace, les dents serrées, les mains crispées sur le guidon de son fusil, sourd aux appels de ses camarades, loin, beaucoup trop loin derrière lui. Il savait son adversaire à peu de distance, et se méfiait instinctivement de la trompeuse clarté que lui offrait la piste de Lur Hoo. Bien qu'il fût le plus jeune des six chasseurs, Lower n'était pas inexpérimenté. Il avait déjà chassé le lynx et le puma dans le sud des Rocheuses, et il aimait ces chasses solitaires, passionnées, où l'ardeur de la traque se mêlait à la patience de l'affût. Il ne comprenait pas pourquoi l'ours se comportait d'une manière aussi déroutante, pourquoi la chasse au grizzli était infiniment plus dangereuse et réclamait un luxe de précautions qu'il jugeait inutiles et peu conformes à sa vision de la chasse, triomphe de la puissance de l'homme sur la bête. Il fallait qu'il tue cet ours, qu'il abolisse ce mythe.

Non, il ne renoncerait pas! Il n'attendrait pas ses compagnons comme ceux-ci le lui enjoignaient. Il abattrait cet animal, ou succomberait à son destin.

Lur Hoo avait repris confiance. Sous l'empire d'une joie intense, il ne sentait plus ses blessures, bien que sa patte droite demeurât inutilisable. La faim qui lui tiraillait les entrailles semblait apaisée, comme par enchantement. Toujours trottinant, il menait l'homme vers l'endroit qu'il avait choisi pour combattre, sans se soucier de l'aboiement redoublé des chiens qui se rapprochaient rapidement.

Au fur et à mesure qu'il montait, l'air devenait plus vif, plus léger, et un nuage de vapeur s'exhalait à chaque expiration de son mufle enfiévré.

Plus haut, encore plus haut, dans le crépuscule qui assombrissait tout, et aiderait l'ours à mieux se dissimuler, le confondrait aux rochers, aux arbres, le rendrait invisible dans son univers.

Derrière, les cris s'étaient tus. Sans doute les quatre autres chasseurs réservaient-ils leurs forces pour rattraper leur camarade isolé.

Il parvint enfin à une petite clairière toute blanche, entourée d'énormes rochers et bordée de sapins gigantesques. C'était là! Là qu'allait se dénouer le drame, qu'allait se jouer le dernier acte d'une longue, très longue, peut-être trop longue chasse!

Lur Hoo traversa rapidement la clairière comme si de rien n'était, et continua tout droit dans la forêt vers un glacis de roches éparses, où il établit plusieurs pistes, à droite et à gauche, afin de dérouter les chiens. Il revint ensuite par une large boucle et se tapit derrière un rocher, à une vingtaine de mètres de sa trace initiale.

Alors commença l'affût, l'angoissant affût! Nul bruit, nul mouvement ne révélait la présence d'un être vivant dans cet endroit de rêve, où le sommet des sapins était seul agité d'un frémissement léger sous la caresse du vent du soir. La trace de l'ours était inscrite nettement sur la blancheur du sol de la clairière-piège et, les yeux luisants, Lur Hoo guettait l'instant où le chasseur sans méfiance, sortant de la forêt, se profilerait sur la paroi luisante des troncs et des rocs.

Kam aussi était là, quelque part au-dessus des sapins; Lur Hoo était certain de la présence ultime de son ami, et son cœur battait de plus en plus fort, de plus en plus vite, à tel point qu'il dut contenir sa respiration pour ne pas que son souffle accéléré puisse donner l'alerte à l'homme et aux chiens, avant le grand moment de la bataille décisive.

Soudain surgirent les chiens. Énervés de savoir l'ours si proche, ils couraient sur la piste, aboyant furieusement, ayant pris une certaine avance sur Lower qui les encourageait de loin.

Ils franchirent la clairière et s'engagèrent dans le sous-bois où Lur Hoo les entendit bientôt se mettre à gravir le glacis, complètement désorientés par l'entrelacs des pistes. Si Flag avait été là, il serait rapidement revenu en arrière pour prévenir les chasseurs d'une embuscade possible, mais les deux autres n'avaient pas l'expérience du vieux chien, et s'empêtraient dans les mailles du filet tendu par Lur Hoo.

Un rictus illumina le visage de l'ours. Lower pénétrait à son tour dans la petite clairière. Toutes les fibres du corps de Lur Hoo vibrèrent; sa respiration se fit plus courte, ses poils se dressèrent et son échine se courba comme un arc.

A la peur immémoriale de l'homme s'opposaient la haine, la colère, la douleur des blessures ravivée. Encore cinquante mètres! Lower, le visage ardent, marchait sur la trace, comme hypnotisé par les énormes empreintes.

Trente mètres! Lower sentit brusquement dans toute sa chair qu'un danger terrible le menaçait. Il s'immobilisa, examina attentivement les alentours à droite et à gauche, prêt à faire feu au moindre signe suspect. Immobile et tremblant, Lur Hoo n'osait regarder le chasseur, de peur que l'ardeur de son regard n'attirât celui de l'homme.

Lentement, toujours sur ses gardes, Lower se remit en route.

Vingt mètres, Lur Hoo laissa le chasseur passer devant lui, le doigt crispé sur la détente du fusil. Alors, jaillissant comme une pierre de sa cachette, il bondit juste derrière son dos.

Un reste d'instinct ancestral avertit Lower de la présence de l'ours, avant même qu'il ne le vît surgir de la forêt. Il se retourna tout d'une pièce et fit feu, mais, ainsi que l'avait prévu Lur Hoo, l'obscurité de la nuit tombante l'empêcha de viser avec précision. Il crut qu'il avait touché l'ours, mais celui-ci ne tomba pas. A bout portant, il appuya de nouveau sur la détente. Un coup de patte terrible lui arracha l'arme au moment même où le percuteur frappait la cartouche, et la balle se perdit dans le ciel avec un miaulement de désespoir. L'instant d'après l'ours fut sur lui, l'enserrant de son étreinte mortelle.

Lower se mit à hurler. Les chiens qui s'étaient précipités en arrière au premier coup de feu restèrent sur place, les jambes tremblantes, incapables de mouvement.

Plus bas dans la forêt, arrêtés nets par les coups de feu, les quatre chasseurs entendirent le cri et se dévisagèrent, hallucinés, le cœur battant la chamade.

– Trop tard! gémit Hobson. Mon Dieu, ô mon Dieu, ayez pitié de lui!

Lower continuait de hurler tandis que les griffes énormes s'enfonçaient dans ses chairs, que ses os éclataient l'un après l'autre comme du bois sec, que son sang giclait par saccades sur la vaste poitrine de Lur Hoo.

Longtemps ses hurlements, répercutés par l'écho, ébranlèrent la montagne, bien après que la mort eut accompli son œuvre, et s'estompèrent avec une douceur inhumaine, dans le brouillard du crépuscule. Le silence solennel de l'immense forêt retomba, aussitôt déchiré par un autre cri, cri de triomphe et de gloire cette fois, qui serra le cœur des chasseurs comme dans un étau. Ils se jetèrent sur la piste, muets de douleur et de colère.

Lur Hoo laissa lentement glisser le long de son poitrail éclaboussé de sang le cadavre pantelant et désarticulé de sa victime. Une sorte d'immense lassitude imprégnait maintenant son corps et son esprit.

La longue chasse se terminait par la mort d'un être, et cette mort ne lui faisait plus aucun plaisir, ne lui procurait aucune joie.

Une fois le but atteint, l'attrait de la chasse s'évanouit en fumée, et si la chose gluante et rouge qui gisait à ses pieds avait représenté pour lui la fin inéluctable de son plaisir, tout ce que peut ressentir un chasseur triomphant semblait s'en aller avec elle, comme emporté par le courant qui traversait son cœur.

Il avait clamé bien haut sa victoire et le regrettait presque.

Les deux chiens revenus au bord de la clairière se mirent à hurler à la mort, et ces plaintes lugubres eurent pour effet de sortir Lur Hoo de sa torpeur. Avec un calme étrange, il contempla une dernière fois la dépouille étendue sur la neige, s'imprégna longuement de l'odeur du sang répandu, et fuyant furtivement entre les sapins, disparut dans la demi-obscurité.

Le spectacle de cette forme rouge étendue au milieu de la petite clairière toute blanche et gardée par deux chiens gémissants bouleversa les chasseurs.

Forsythe, en proie à une crise nerveuse, fut durement giflé par Mac'Cairn, tandis que Pitt, les yeux exorbités, se signait sans cesse en récitant de vieilles prières qu'il croyait avoir oubliées depuis longtemps.

Hobson, immobile auprès du chasseur vaincu, essuya discrètement une larme qui coulait sur son visage figé, puis, retrouvant un peu de courage, commanda aux autres de préparer un brancard avec des branches de sapin.

Ils eurent toutes les peines du monde à y glisser le corps de Lower, tant celui-ci était désarticulé, broyé par la puissante étreinte du grizzli. Mac'Cairn déposa sa veste sur le visage miraculeusement indemne de Lower, et la funèbre procession redescendit doucement la montagne, se guidant sur la lueur lointaine du feu de bois que Wood entretenait avec soin.

Lorsqu'il entendit ses compagnons revenir, Wood se précipita vers eux, en s'aidant d'une branche morte en guise de béquille. La vue du brancard ensanglanté et le regard que lui lança Hobson lui firent baisser la tête comme un coupable.

– Pardon, John, dit-il tout bas. J'ai été fou de vous empêcher de l'arrêter. Je ne savais pas !

Le vieux guide haussa les épaules sans répondre, et le cortège passa silencieusement devant lui.

La veillée funèbre fut extrêmement pénible. Bien que recrus de fatigue, les chasseurs ne purent fermer l'œil et restèrent assis auprès du feu déclinant, les yeux tournés vers le brancard où reposait leur compagnon. Leur haine avait disparu, faisant place à un désespoir inquiétant.

De temps à autre, Forsythe éclatait en sanglots, et il fallait le retenir pour ne pas qu'il se précipite sur le corps de son ami.

– Désormais, je croirai aux légendes, murmura Wood à l'intention de Hobson. Dès notre retour, je me constituerai prisonnier.

– C'est inutile, répondit celui-ci. Il a tenté sa chance. Il a tenté sa chance pour nous tous. Nous sommes tous responsables de sa mort !

Ce sont les seules paroles qui furent échangées au cours de cette nuit interminable, avant que l'aube ne vienne tacher de violet la montagne, redonner forme à la forêt et dissiper la crainte éprouvante de l'obscurité.

Épilogue

Dès l'apparition du soleil, la montagne se remit à vivre. Le chant matinal des oiseaux, le clapotis léger des truites sautant dans le torrent, le craquement sec des glaçons sous la caresse du soleil levant semblèrent tirer les hommes de leur anéantissante torpeur. La vie reprenait sa prééminence sur la mort, et les chasseurs découvrirent avec surprise que leur cœur fonctionnait toujours, que leurs poumons pompaient l'air frais du matin, que leur sang coulait bien dans leurs veines, enfin qu'ils vivaient encore, même si l'un d'entre eux avait fini d'exister.

Malgré leur accablement, ils acceptèrent de manger ce qui pouvait rester au fond des sacs, puis ils placèrent le corps de Lower dans une toile de tente qu'ils assujettirent sur une branche longue et solide. Pitt et Forsythe assurèrent le premier relais, en saisissant la branche chacun par un bout qu'ils portèrent à l'épaule, tandis que Mac'Cairn aidait Wood, claudicant, dont la pâleur et l'effondrement faisaient peine à voir. Hobson prit la tête de la petite troupe, et, lentement, silencieux comme des fantômes, ils commencèrent de descendre vers la vallée, à la rencontre d'autres hommes.

Sur une petite crête, au bord même de la forêt, Lur Hoo contemplait calmement la morne procession qui passait à ses pieds. Lui aussi avait veillé toute la nuit, le regard fixé sur les flammes déclinantes, près desquelles reposait l'homme qu'il avait tué, ainsi qu'un chasseur doit rendre hommage à un autre chasseur.

Les cruelles blessures que lui avaient infligées ses adversaires cicatriseraient avec le temps. Il pourrait bientôt rejoindre la Montagne aux Écureuils et se baigner avec délice dans l'eau froide du petit ruisseau qui ceinturait le mont. En attendant, il devrait fuir vers le Nord, le plus loin possible, car les hommes allaient effectuer des battues autour de sa chère montagne, et balayer avec acharnement toute l'étendue de son territoire, tuant sans pitié ce qui serait à portée de leurs fusils. C'est toujours ainsi que faisaient les hommes, lorsque leur orgueil était en jeu : un massacre stupide et des violences inutiles.

Quand tout serait rentré dans l'ordre, il regagnerait sa caverne et jouirait à nouveau de la vie en compagnie de son grand ami, l'aigle gris.

Lorsque les chasseurs quittèrent la forêt et s'engagèrent sur les hauts pâturages, Lur Hoo se dressa de toute sa taille et fit retentir son cri stupéfiant, mais un cri différent des autres fois, moins dédaigneux, moins ironique, presque amical, une sorte d'adieu, de chasseur à chasseur.

Néanmoins, ce cri empoigna de nouveau le cœur des hommes. Les poings se serrèrent, des larmes coulèrent des yeux, mais aucun d'eux n'accepta de se retourner ni de répondre.

Seul, le vieux Hobson marmonna dans sa barbe :

– Chante, Lur Hoo! Clame bien haut ta

victoire, mais fais-le vite! Quand tout sera fini, je reviendrai ici, pour toi seul, et ce jour-là, je te ferai rentrer ton chant dans la gorge, pour toujours!

Un point noir, surgi du ciel, fila comme une flèche au-dessus des chasseurs et vint s'abattre sur un rocher juste auprès de l'ours.

Celui-ci daigna tourner la tête et fixa le regard de l'aigle.

– Alors, dit Kam, la chasse est finie! Tu t'en es tiré encore une fois, mais ce ne fut pas sans mal, hein!

– Que veux-tu, c'est plus fort que moi, répondit Lur Hoo, j'aime tant la chasse!

– Moi aussi, reprit l'oiseau! Avec toi, c'est toujours palpitant! A propos, je viens de repérer près d'ici un troupeau de chèvres sauvages...

Table des matières

l'Atelier du Père Castor présente

la collection Castor Poche

La collection Castor Poche vous propose :

- des textes écrits avec passion par des auteurs
  du monde entier,
  par des écrivains qui aiment la vie,
  qui défendent et respectent les différences ;
- des textes où la complicité et la connivence
  entre l'auteur et vous se nouent et se
  développent au fil des pages ;
- des récits qui vous concernent parce qu'ils
  mettent en scène des enfants et des adultes dans
  leurs rapports avec le monde qui les entoure ;
- des histoires sincères où, comme dans la réalité,
  les moments dramatiques côtoient
  les moments de joie ;
- une variété de ton et de style où l'humour,
  la gravité, la fantaisie, l'émotion, la poésie
  se passent le relais ;
- des illustrations soignées, dessinées par des
  artistes d'aujourd'hui ;
- des livres qui touchent les lecteurs à différents
  âges et aussi les adultes.

Un texte au dos de chaque couverture vous présente les héros, leur âge, les thèmes abordés dans le récit. Vous pourrez ainsi choisir votre livre selon vos interrogations et vos curiosités du moment.

Au début de chaque ouvrage, l'auteur, le traducteur, l'illustrateur sont présentés. Ils vous invitent à communiquer, à correspondre avec eux.

CASTOR POCHE
Atelier du Père Castor
7, rue Corneille
75006 PARIS

217 **Saute-Caruche (senior)**
par Anne Pierjean

Du jour au lendemain, Romain Bréton, le sans famille que tous appellent Saute-Caruche, se trouve nanti d'ancêtres. En remuant le passé, la vieille Delphine se souvient : n'a-t-il pas dansé, autrefois, d'un peu trop près avec Toinette ? En tout cas, à la ferme des Quatre-Peupliers, il y a une Marion de 15 ans qui lui ressemble...

218 **La frontière interdite (senior)**
par Werner J. Egli

Diego vit à Santa Valera, un village mexicain niché dans les montagnes. Comme tous les habitants, Antonio Flores, son père, s'est endetté et ne peut rembourser. Il ne voit pas d'autre solution que d'abandonner sa terre et d'emmener les siens chercher du travail aux États-Unis. Un passeur leur fait franchir clandestinement la frontière. Mais les voilà déposés en plein désert...

219 **Le dernier des vampires**
par Willis Hall

La famille Hollins traverse la Manche pour la première fois. Quinze jours de vacances sur le continent, c'est l'aventure, surtout lorsqu'on ne sait pas lire une carte ! Un soir, Albert, Euphemia et leur fils Edgar plantent leur tente au pied d'un château biscornu. D'une tourelle s'échappe une étrange musique. Des yeux luisent dans la nuit...

220 **Le nouveau**
par Ingrid Kötter

"Je m'appelle Thomas Bott, j'ai neuf ans, et dans le quartier de Berlin où nous venons d'emménager, on m'appelle le Nouveau. Nous n'avions aucune envie de déménager, mais Papa au chômage, la décision a été vite prise. Ici, personne ne se parle, alors pour faire connaissance avec les voisins, nous avons sonné à toutes les portes. Et cela nous a réservé quelques surprises...

221 **Le propriétaire de cathédrale (senior)**
par Roger Judenne

Le professeur Jean-Baptiste Dieu prend possession de la cathédrale de Chartres, achetée par l'un de ses ancêtres comme bien national en 1789. Depuis ce jour, les portes restent closes, toutes les tentatives pour y pénétrer tournent mal. Jean-Baptiste Dieu reste invisible... Seul un chat noir au regard inquiétant rôde sur le toit de l'édifice. Bientôt on parle de diableries...

222 **Les dépanneurs invisibles**
par Edouard Ouspenski

Dès la livraison du nouveau réfrigérateur, Frigori part à la rencontre de ses collègues, les dépanneurs invisibles. Chacun a installé dans un coin de son appareil ménager un petit domaine à lui. Ils ont leur propre système de communication pour la commande des pièces détachées... Tout fonctionne à merveille jusqu'au jour où les petits hommes garantie doivent affronter une armée de souris...

223 **Quatorze jours sur un banc de glace**
par Miek Dorrestein

En Hollande, le 13 janvier 1849, Klaas Bording et ses deux fils partent pêcher dans le Zuiderzee gelé. La pêche est si miraculeuse que les trois hommes décident de continuer malgré la nuit. Mais au petit matin, le dégel a commencé, la glace dérive ! Durant quatorze jours les trois pêcheurs vont errer sur la glace...

224 **Marika**
par Anne Pierjean

Dans une école de montagne, Marianne Arly accueille une nouvelle parmi ses élèves. Mais Marika est différente des autres, avec son regard de renard pris au piège et elle se montre agressive. D'où vient-elle ? se demande Chris, pourtant prêt à lui offrir son amitié. Avec l'aide de Marianne, il tente d'apprivoiser la "sauvageonnne"...

229 **Anna dans les coulisses**
par Besty Byars

Anna ne monte jamais sur la scène. C'est dur de chanter faux dans une famille de choristes ! Anna se sent rejetée, exclue. Un jour, un oncle oublié, tout juste sorti de prison, surgit dans la vie des Glory. Grâce à lui, et à la suite d'un drame, Anna va prendre confiance en elle.

230 **Un poney pour l'été**
par Jean Slaughter Doty

Ginny est prête à pleurer. Elle qui a toujours rêvé d'avoir un poney, voilà que le seul qu'elle peut louer pour l'été est une drôle de petite jument, à moitié morte de faim. Mais à force de soins et d'affection, le poney prospère et transforme des vacances qui promettaient d'être décevantes, en un merveilleux été.

231 **Mélodine et le clochard (senior)**
par Thalie de Molènes

Un clochard sort de l'ombre, se penche sur la vitrine éclairée de la librairie et lit passionnément un ouvrage d'astronomie... Il reviendra chaque jour et sa présence insolite servira de révélateur aux habitants de l'immeuble, en particulier à Mélodine et à Florence sa grand-mère qui l'a élevée...

232 **Personne ne m'a demandé mon avis**
par Isolde Heyne

Inka vit dans un foyer pour enfants en R.D.A. A l'occasion de son dixième anniversaire, elle exprime deux souhaits : avoir des parents adoptifs et être admise à l'École de sport. Un jour, dans la rue, une femme l'aborde à la dérobée, et lui annonce que sa mère, qu'elle croyait morte, vit en R.F.A. Loin de la réjouir, cette révélation inquiète Inka qui craint que sa vie n'en soit bouleversée.

Cet
ouvrage,
le deux cent
quarante-quatrième
de la collection
CASTOR POCHE,
a été achevé d'imprimer
sur les presses de l'imprimerie
Brodard et Taupin
à La Flèche
en janvier
1989

Dépôt légal : février 1989.
N° d'Edition : 15941. Imprimé en France
ISBN : 2-08-161974-1
ISSN : 0763-4544